고장 난 세계의 신과
내일 비가 올 확률

차례

고장 난 세계의 신과
내일 비가 올 확률

7

작가의 말

277

고장 난 세계의 신과
내일 비가 올 확률

1

리아는 10분 넘게 변기를 내려다보고 있었다. 마음이 심란해질 때면 종종 하던 일이었다. 이곳은 리아가 태어난 장소였다. 19년 전 여름, 강원도 동광시 정평읍 사거리 버거리아 여자 화장실 두 번째 칸에서, 찌는 듯한 더위에 탈진해가던 리아의 엄마는 아기를 낳고 혼절했다. 이 일대에서 유명한 이야기였다. 엄마는 리아를 다그칠 때마다 내가 널 얼마나 힘들게 낳았는지 아느냐며 동네가 떠나가라 이 이야기를 떠들었고, 리아는 그때마다 창피해서 죽고 싶었다. 무슨 자랑이라고 엄마는 출산한 장소의 상호를 따서 딸의 이름을 지었다. 박리아. 리아는 자신의 이름 석 자를 저주했다. 자신이 그 여자의 몸에서 태어났다는 사실을 믿고 싶지 않았다. 리아는 자주 생각했다. 이 변기가 다른 세계와 연결된 통로고, 자신은 그 세계에서 떨어졌을 뿐이라고.

얇은 합판 너머로 헛기침 소리를 듣고 나서야 리아는 화장실 밖으로 나왔다. 자리에 놓아둔 콜라는 얼음물을 잔뜩 머금고 싱거워져 있었다. 어제 종일 일해서 번 돈으로 산 콜라였다. 리아는 바닥에 남은 한 방울까지 들이켜고 버거리아 내부를 돌아봤다. 읍내의 유일한 패스트푸드점인 이곳은 교복을 입은 학생들과 어린아이를 데리고 온 엄마들로 북적였다. 그들은 감자튀김 위에 앉은 파리라도 보듯 리아를 흘겨봤다. 리아는 그들과 다른 세계에 살았다. 리아의 양말에는 구멍이 뚫려 있었고 신발에도 같은 크기의 구멍이 나 있었다. 양말을 신고 신발을 신을 때 리아는 두 구멍이 겹치지 않도록 신경을 쓰고 또 썼다.

"병신들."

리아는 주변의 한두 테이블 정도는 분명하게 들릴 크기로 혼잣말을 하고 돌아섰다. 구멍 뚫린 신발을 질질 끌며 5킬로미터를 걸어 이곳에 왔고, 다시 5킬로미터를 걸어서 집으로 돌아갈 참이었다. 먼 거리였지만 리아는 눈을 감고도 동네로 가는 방향을 알았다. 냄새 때문이었다.

정평읍의 진정한 명물은 버거리아가 아니라 정평 쓰레기 매립지였다. 사람들은 그곳을 '쓰레기 광산'이라고 불렀다. 부드럽고 달콤한 것들이 모이는 서울이 한국의 주둥이라면, 더럽고 축축한 것들이 모이는 정평읍은 한국의 똥구멍이었다. 도시는 끊임없이 쓸모 있는 것들을 생산해 그것들이 더 어쩌지 못할 만큼 쓸모없어질 때까지 촘촘히 소비했다. 더 이상의 쓸모가 사라진 것들, 그러니까 마침내 쓰레기가 된 것들은 아무도 원치 않기에 오갈 곳이 없었다. 썩지도 않는 쓰레기들이 쌓여가는데, 그 어디든 처리 시설이 놓일 후보지로 거론되는 곳에선 지역 주민들의 불길처럼 들고 일어났다. 한국에서 투표권을 가진 사람의 밀도가 가장 낮은 정평읍에 대규모 쓰레기 매립지가 들어서게 된 것은 어떻게 보면 자연스러운 일이었다. 쓰레기 광산은 리아와 나이가 같았다. 처음에 작은 언덕 두 개 정도의 크기였던 쓰레기 광산은 현재는 쿠푸 왕의 피라미드 다섯 개 크기가 되었다. 한국뿐만 아니라 동아시아에서도 가장 큰 쓰레기 매립지가 된 것이다.

코점막을 괴롭히던 냄새가 이제 리아의 눈과 귀까지 찌를 때쯤 리아는 쓰레기 광산에 다다랐다. 이미 해는 넘어갔지만, 곳곳에 세워진 LED 가로등이 불을 밝히고 있어 길을 찾는 데는 문제가 없었다. 리아의 집은 쓰레기 광산 한가운데 2층짜리 컨테이너 단지에 있었다. 쓰레기가 있는 곳에는 그 쓰레기에서 돈 되는 걸 찾아내 먹고사는 사람이 있는 법이다. 먹을 고기도 먹을 식물도 없는 약자들이 생태계 분해자의 위치까지 떨어져 연명하듯, 세상 어디에도 자기만의 생태계를 갖지 못한 인간들이 쓰레기 광산에 흘러들었다. 처음에는 캠핑용 텐트를 치고 아무렇게나 살았지만, 인구가 백 명 단위로 늘어나니 지자체에서도 대책이 필요했다. 동광시는 폐컨테이너로 쓰레기 난민들의 보금자리를 만들어주고 간이 LED 등도 설치해줬다. 하지만 그런 지원은 구색 맞추기에 지나지 않았다. 쓰레기 광산에서의 삶은 척박하고 험난했다. 잡다한 범죄가 숨 쉴 틈도 없이 일어났고 그곳의 아이들은 의무교육도 받는 둥 마는 둥

하며 자라났다. 마지막으로 교복을 입었던 그날도 리아는 오늘처럼 버거리아에서 콜라 한 잔을 사 먹고 터덜터덜 먼 길을 걸어왔었다.

철제 계단을 올라 현관 앞에 선 리아의 눈에 두 켤레의 신발이 보였다. 엄마의 것보다 두 배는 커 보이는 너덜너덜한 작업화가 뭘 의미하는지 리아는 잘 알았다. 리아는 발길을 돌려 다시 계단을 내려갔다. 컨테이너 주거단지 바깥 경계로 돌아 매립지 남쪽 끝의 쓰레기 언덕에 다다르자, LED 등과는 다른 붉은 불빛이 보였다. 큰 드럼통 안에서 타고 있는 모닥불 빛이었다. 모닥불 앞에 앉아 있던 남자아이가 리아를 알아보고 손을 흔들었다.

"박리아. 왜 집에 안 들어갔어? 또 엄마가 지랄해?"

"아니, 소장이랑 섹스하는 중. 그래서 나왔어."

쓰레기 광산에 리아 또래는 단 세 명 밖에 없었다. 상돈은 그중 하나였다. 겉보기엔 중학생 정도의 소년 같았지만, 올해 스무 살이 된 성인이었다. 이상할 정도로 발육이 더디고 어려 보이는 것은 리아도 마찬가지였다. 쓰레기 광산에서 나고 자란 아이들의 공통점이었다. 리아는 상돈 옆자리의 간이 의자에 앉았다.

드럼통에서 새어 나오는 플라스틱 녹는 냄새가 코를 찔렀다. 곧장 뇌가 망가지는 느낌이 들 정도로 지독한 냄새였지만 별수 없었다. 이곳은 다섯 개의 쓰레기 광산 중에서도 가장 수익성이 좋은 전자제품 구역이었다. 주민들은 버려진 가전을 망치로 부숴 적당한 크기로 모은 뒤 큰 드럼통에 넣고 모닥불을 피워 가열했다. 돈이 되는 것은 CPU나 MCU 기판이었는데, 플라스틱이 적당한 온도에서 녹아 말랑말랑해지면 기판만 뜯어내기 좋은 상태가 되었다. 그걸 모아 폐가전업체 수거 차량에 가져다주면 수입이 꽤 쏠쏠했다. 그렇게 모은 CPU에서 금을 추출해낸다고 했다. 이곳이 광산이라고 불리는 이유였다.

한동안 불을 응시하던 상돈이 다시 입을 열었다.

"너희 엄마 비위도 좋다. 그런 바코드 대머리랑."

"애인이라잖아. 사생활은 존중해줘야지."

"난 그런 돼지랑 해야 한다면 차라리 죽을 거야."

리아는 모닥불에 발개진 상돈의 옆얼굴을 물끄러미 봤다. 상돈은 섹스 얘기를 할 때면 여자 입장에서 말하곤 했는데, 리아는 종종 그 이유가 궁금했다. 상돈은 발 밑에 놓인 비닐봉지를 뒤적거려 뭔가를 꺼냈다. 상태 좋은 하드디스크였다.

"죽이지? 1년도 안 된 모델이야. 아까 하나 꿍쳐뒀어."

"오, 안에 쓸 만한 게 있었으면 좋겠다."

"그건 확인해보면 알겠지."

"지금?"

"응. 난 하루도 그걸 안 보면 기분이 허전해."

상돈은 벌떡 일어났다. 리아도 상돈을 따라 일어났다. 둘은 모닥불을 등지고 더 깊은 어둠 속으로 걸어갔다. 리아 일당이 이 쓰레기 광산에서 비밀리에 꾸미는 사업이 있었다. 정확히 말하면 비밀도 아니었다. 모두 빤히 알지만 돈 될 것 같은 일이 아니어서 딱히 관심을 두지 않을 뿐이었다. 리아는 바지 주머니에 손을 넣어 짤각대는 열쇠를 만져봤다. 바코드처럼 듬성듬성 난 머리에, 벨트가 곧 튕겨 나갈 것처럼 배가 나온 소장은 쓰레기 광산의 모든 것을 관리하고 있었다. 폐기물의 무게를 달아 주민들에게 값을 치러주고, 봉사단체에서 나온 도시락을 받아서 배분하고, 주민들이 이런저런 비행에 빠지지 않도록 감시했다. 그에게 적지 않은 돈을 주고서야 리아는 컨테이너 창고 하나를 빌릴 수 있었다. 창고에는 리아의 전 재산이자 희망이 들어 있었다.

리아는 열쇠로 창고 문을 열었다. 문고리는 높았고, 열쇠는 얇은 철사로 단단하게 묶은 뒤 주머니 안감에 연결해 꿰매어놓았기 때문에 까치발을 해야만 그 문을 열 수 있었다. 푸르고 붉은 다이오드들이 어둠 속에서 광물처럼 빛을 발했다. 리아의 창고에는 쓰레기 광산과는 도저히 어울리지 않는 물건이 있었다. 예산이 부족한 연구실에서 겨우 쓰다 버린 것 같은 슈퍼컴퓨터였다. 1년 전, 동광시의 유일한 사립대학교가 폐교했을 때 이곳으로 흘러들어온 산업폐기물인 이 슈퍼컴퓨터는 리아의 손에서 새 생명을 얻었다. 배움은 짧았어도 어려서부터 온갖 기계를 만져온 리아는 이런 쪽으로 특히 영특했다. 리아는 하이에나 같은 주민들이 슈퍼컴퓨터를 분해해버리기 전에 재빨리 차지해 이곳에 숨겼다. 놀랍게도 작동이 되는 컴퓨터였다. 데이터 연구소라는 곳에서 사용하던 이 컴퓨터는 데이터 마이닝 프로그램이 탑재된 '마이닝 머신'이었다. 리아는 그 프로그램의 매력에 순식간에 빠져들었다. 마이닝 머신은 서로 상관없는 사건들로부터 경향성을 도출해내고 그 인과를 문장으로 만들어 보여줬다. 소나기가 오는 시간대에는 편의점의 우산 판매량이 증가한다는 등의 납득 가능한 인과도 있었지만, 도저히 이해 불가능한 것도 많았다. 면봉 판매량이 감소한 지역에서 대통령 지지도가 상승한다거나, 고등어 어획량과 강력범죄 검거율이 비례한다는 등의 결괏값에 대해서는 누구도 왜 그런지 설명할 재간이 없어 보였다.

리아가 가동을 시작한 날부터 마이닝 머신은 끝없이 데이터를 수집했고, 하루에 한두 개의 문장을 만들어냈다. 이 슈퍼컴퓨터는 정제된 데이터들을 기반으로 하는 연구에 쓰였을 게 분명했지만 리아에게는 프로그램을 정교하게 다룰 지식까진 없었다. 리아는 그저 왕성하게 수집하고 뽑아내는 이 기계에 끝없이 데이터를 공급할 뿐이었다.

사무실 복합기 정도 크기였던 슈퍼컴퓨터는 지난 1년간 쓰레기 광산에 흘러들어온 온갖 잡다한 하드디스크를 연결해 확장한 결과, 지금은 컨테이너를 꽉 채울 만큼의 크기가 되었다. 마이닝 머신에서 쓸 만한 문장이 나온 적은 거의 없었다. 하지만 리아는 이 기계가 언젠가 뭔가를 해주리라고 굳게 믿고 있었다. 이 기계에서는 영험한 점집처럼 신성하고 신비로운 분위기가 풍겼다.

"오늘 나온 문장은 뭐야?"

상돈은 작은 모니터 앞에 쪼그려 앉으며 들뜬 목소리로 물었다. 줄이 여러 개가 있는 낡은 모니터를 리아가 들여다봤다. 마이닝 머신 프로그램 창에는 이런 문장이 적혀 있었다.

'소평사거리 형제카센터가 문 닫은 날 정평국도에서 화물 트럭 사고가 날 확률은 1.5퍼센트.'

의미 없는 인과에 의미 없는 확률이었다. 리아는 작게 한숨을 쉬었다. 입력한 데이터 중에 교통공사 하드디스크가 있는지, 최근 마이닝 머신은 교통사고 관련된 데이터를 자주 도출했다.

"쓸모없어. 오늘도 쓰레기야."

리아가 시큰둥하게 대답했다. 하지만 상돈은 별로 실망하지 않은 눈치였다. 리아는 상돈이 가져온 하드디스크를 빈 슬롯에 집어넣어 연결했다. 마우스를 몇 번 클릭해보던 리아는 의아한 듯 화면을 봤다.

"이상해. 파일이 다 잠겨 있고, 폴더 이름도 수상해. 어디서 온 하드야?"

"모르지. 겉보기엔 평범한 컴퓨터였으니까. 근데 보안이 철저하다면 중요한 데서 나온 데이터 아닐까? 무슨 비밀 연구소나 첩보와 관련된 곳!"

터무니없는 말이었지만 상돈의 들뜬 목소리가 리아는 싫지 않았다. 마이닝 머신은 하드디스크에서 지워진 데이터를 복구하고 암호화된 부분을 풀기 시작했다. 기본적으로 탑재된 기능이었다. 아무리 단단한 껍질에 싸여 있어도, 마이닝 머신은 집요한 포식자처럼 그 데이터를 가공해서 먹기 시작했다. 리아는 모니터 앞에 쌓아놓은 박스 위에 발라당 누웠다.

"오늘은 여기서 잘 거야. 너도 졸리면 여기서 자."

"여기서 자면 붙어서 자야 되잖아. 냄새나."

리아는 발끈했다.

"냄새는 네가 제일 많이 나거든!"

"미안. 너한테서 냄새난다는 게 아니고 뭐 동네 사람들한테서 다 나잖아."

상돈은 머쓱한 얼굴로 뒷걸음쳐서 창고를 나갔다. 심술궂게 얘기했지만 사실 상돈에게선 냄새가 나지 않았다. 피부도 깨끗했고 체취도 심하지 않았다. 지저분한 수염도 없었다. 제대로 된 샤워 시설도 없는 곳에서 매일 쓰레기 더미 속을 구르며 사는 주제에, 도저히 쓰레기 광산 주민으로 보이지 않는 이상한 애였다. 어둠 속에 혼자 남은 리아는 모니터를 멍하니 응시했다. 알아볼 수 없는 알파벳 글자들이 분주하게 검은 화면을 채웠다가 꺼지곤 했다. 게으른 신이 있다면 딱 저렇게 일할 것만 같았다. 리아는 그때까지 알 수 없었다. 이 하드디스크가 얼마나 위험한 곳에서 흘러온 것인지. 쓰레기 광산 사람들 모두의 운명을 어떤 모습으로 바꿔놓을 것인지도.

2

다음 날 아침 리아를 깨운 것은 창고 문밖에서 들리는 소장의 목소리였다.

"박리아 씨. 해가 중천인데 일어나셔야지."

말이 끝나는 것과 동시에 밝은 빛이 쏟아져 들어와 리아는 눈을 뜰 수밖에 없었다. 빤들빤들 빛나는 소장의 커다란 대가리가 창고 문을 열고 불쑥 들어와 있었다. 리아는 자다 깬 무방비 상태의 얼굴을 소장에게 보인다는 것이 불쾌했다. 소장이 어느 순간부터 자신을 딸처럼 대하는 것은 더 불쾌했다.

"리아 이제 일어났어요. 얘기 편히 나누고 가세요."

배불뚝이 소장이 굽신대며 자리를 비키자 이십대 후

반쯤 되어 보이는 남자가 창고 안으로 들어왔다. 동광시 환경공무원 조인재였다. 나이에 비해 직급 높은 공무원이라는 조인재를 리아는 소장만큼이나, 어쩌면 그보다 더 싫어했다. 놈이 하는 짓은 추접한 것뿐이었다. 열악한 환경에 처한 쓰레기 광산 주민들을 챙겨준다며 이곳을 뻔질나게 드나들지만 사실은 소장과 유착해 자잘한 이권을 챙긴다는 걸 모두가 알고 있었다.

"리아는 컴퓨터 잘하나 보다. 오빠는 4년제 대학 나오고도 컴퓨터 잘 못 다루는데."

리아는 인재의 모든 것이 느끼하고 불쾌했다. 왁스로 올려붙인 것 같은 올백 머리에 가늘지만 선명한 눈썹, 선명한 쌍꺼풀까지. 인재는 리아의 무릎 위에 도시락 하나를 내려놓으며 허가증이라도 내민 듯이 옆자리에 앉았다. 정평읍 편의점 점주 연합회에서 불우이웃돕기 차원으로 보내주는, 유통기한 지난 도시락이었다.

"끼니 제때 먹어야지. 안 그래도 이 동네 사람들 하루 한 끼도 겨우 먹는다며. 오빠가 실한 걸로 챙겨 왔어."

"왜 반말하시죠? 난 그쪽이랑 안 친한데."

"역시 까칠해. 작고 귀여운 애들이 까칠하면 괜히 설 렌다니까."

리아는 말없이 플라스틱 도시락 뚜껑을 열어 젓가락 질을 시작했다. 인재는 바닥에 놓인 두꺼운 전선을 발 로 툭툭 차며 리아를 흘끔거렸다.

"이 전기, 저쪽 전봇대에서 무단으로 끌어다 쓰는 거 지? 사실은 도용인데, 내가 주민복지 차원에서 눈감아 주는 거거든. 근데 이렇게 전기 많이 먹는 기계를 돌리 면 티가 나겠어, 안 나겠어?"

"나중에 돈 벌면 동광시에 갚을 거예요."

"돈? 이 기계로 돈을 어떻게 벌어? 종목이라도 찍어 주나?"

"주식보다 더 대단한 거요."

"그게 뭔데?"

"법칙."

"법칙?"

인재는 흥미롭다는 듯이 얼굴을 들이밀며 다가왔다. 리아는 질색하면서도 약간 들떴다. 지금까지는 마이닝 머신에 대해 구체적으로 물어보는 사람도, 설명할 기회도 없었기 때문이다. 리아는 누구에게라도 자신이 하는 일이 예사로운 것이 아님을 과시하고 싶었다.

"내가 하나 맞춰볼까요? 아저씨 여기 그냥 온 게 아니죠? 외근 나오는 길에 잠깐 들렀을 거야."

"어떻게 알았지?"

"보름달이 뜬 다음 날이면 동광시청 공무원들이 외근을 나올 확률이 20퍼센트 증가해요. 어제가 보름이었고. 이유는 없지만 그냥 그래요. 전혀 상관없을 것 같은 일들이 사실은 연관되어 있어요. 이 기계는 그걸 찾아내요."

"그게 말이 돼? 달이랑 외근이 무슨 상관이라고."

"말했잖아요. 이유는 없다고. 그냥 신이 세상을 만들 때 허술하게 만들어서 고장 나 있는 부분들을 이 기계가 찾아내나 보죠."

"재미는 있네. 또 무슨 법칙이 있는데?"

"남산에서 관측한 북극성 밝기랑 템스강 오염도는 비례관계에 있어요. 예외 없어요."

"또?"

"한국식 이름점이랑 코스타리카 역대 대통령 선거

결과가 일치하고. 이것도 지금까지 100퍼센트예요."

"또?"

"그리고."

리아가 다음 말을 시작하는 순간 갑자기 인재가 다가와 리아의 입술을 덮쳤다. 감미로운 표정을 지으며 감겨 있는 인재의 눈과, 눈꺼풀 밑에 빠져나와 있는 긴 속눈썹을 두 눈 동그랗게 뜨고 보고 있던 리아는 깜짝 놀라 인재의 얼굴을 밀쳤다.

"이 씨발 새끼야! 너 나 성추행한 거야!"

리아가 소리를 버럭 지르자 인재는 벌떡 일어서며 뒷걸음쳤다.

"아, 아, 아냐! 나 전선에 다, 다리가 걸려서! 다리가 걸려서 앞으로 넘어진 거야! 성추행 아냐!"

인재는 히이잉 하며 당나귀 코 푸는 것 같은 소리를 내더니 후다닥 밖으로 도망쳤다. 예상한 반응이었다. 인재는 리아에게 관심이 있었고, 소장은 인재의 그런 욕망을 공유하며 은근슬쩍 둘을 짝지어주려 했다. 이 쓰레기 마을에서 가장 부패한 두 놈팡이들이 가장 취약한 두 모녀를 나눠 먹으려는 꼴이었다. 구역질이 나서 가급적 생각하지 않으려 한 게 결국 사달이 났다. 인재는 비겁하고 패기도 없어서 그동안에는 리아가 조금이라도 강하게 나가면 금세 꼬리를 내리고 도망갔기 때문이다. 기분이 더러운 아침이었다.

리아는 잡친 기분에도 도시락을 꾸역꾸역 다 먹고 밖으로 나왔다. 컨테이너 밖에서는 완전히 다른 세계가 펼쳐졌다. 커다란 트럭들이 쓰레기 산 아래에서 부서진 물건들을 무자비하게 쏟아붓고 있었고, 그 엄청난 소음과 뿌연 분진 속을 회색빛의 사람들이 분주하게 돌아다녔다. 검은 추리닝에 벙거지 모자 행색을 한 상돈이 먼지를 잔뜩 뒤집어쓴 채 리아에게 손을 흔들며 인사했다. 리아는 상돈에게 다가갔다. 상돈은 큰 냉장고를 쓰레기 산에서 끌어 내려 분해하려는 중이었다. 리아보다 머리 하나는 더 큰 여자아이가 공사장 아저씨들이나 쓰는 오함마를 들고 와 냉장고 문짝에 휘둘렀다. 다은이었다. 이다은은 박리아, 김상돈과 함께 이 쓰레기 광산의 가장 젊은 세대이자 동갑내기 삼인방이었다. 쓰레기 광산에서 자란 일반적인 아이들과는 달리, 다은은 힘쓰는 일을 곧잘 했다. 혼자 귀한 걸 먹고 자라지도 않았을 텐데 선천적으로 뼈대가 굵고 무거운 물건도 잘 다뤘다. 다은의 망치질 몇 번에 두꺼운 문짝이 냉장고 몸체로부터 떨어졌다. 상돈과 리아는 떨어진 조각들을 재빨리 수레에 옮겨 실었다. 인공지능이 탑재된 냉장고 문에는 작은 기판이 들어 있었다. 분리하는 수고에 비해 돈이 꽤 되는 물건이었다. 힘없는 노인들은 종이 박스나 공병을 모았지만 세 사람이 힘을 합치면 쓰레기에서 더 쓸 만한 것들을 분리해 업자에게 팔 수 있었다. 셋은 이 안에서 경제 공동체였다. 리아와 상돈, 다은은 그렇게 번 돈을 똑같이 나눴다.

"잠깐만. 이 일은 나중에 하고 입구 쪽 산으로 가자."

리아가 일손을 놓고 말했다. 상돈과 다은은 의아해했다.

"생활폐기물 산 말이야? 돈은 제일 안 되고 냄새는 제일 많이 나잖아."

리아는 말없이 앞장섰다. 상돈과 다은도 별다른 고민 없이 리아의 뒤를 따랐다. 리아는 힘도 약하고 일머리도 없었지만 감이 좋아서 리아를 따라가면 종종 횡재하는 일이 생기곤 했다.

"방금 들어온 트럭 앞바퀴가 터져 있었어."

"그게 무슨 상관인데?"

"앞 타이어에 문제가 생긴 폐기물 트럭에선 현금이 발견될 확률이 50퍼센트가 넘어. 맑은 날 한정이지만."

"그것도 마이닝 머신에서 나온 얘기야?"

"응."

트럭으로 다가가는 셋의 발걸음이 들떴다. 리아의 말대로 앞바퀴가 터진 트럭이 보였고, 트럭 운전수는 앞바퀴를 발로 차며 이게 벌써 몇번째냐느니 근처 카센터는 다 바가지라느니 하며 떠들고 있었다. 리아 일행은 그 트럭에서 뱉어낸 쓰레기들을 열심히 뒤졌다. 마대를 하나씩 들고 쓸 만한 캔이나 페트병을 쓸어 담다 보면 만 번에 한 번쯤은 지갑 같은 게 보이는 때가 있었다. 물론 그 지갑에 현금이 있을 확률은 만 번의 한 번보다 더 희박했지만 그래도 이런 이벤트는 일상의 소소한 희망이었다. 생활 쓰레기를 분류할 때면 손톱 밑에 때가 끼고, 날카로운 철사에 찔려 피가 나기도 했다. 목장갑이나 마스크는 있으나 마나 한 물건이었다. 진폐증이 생기든 파상풍에 걸리든 아무도 신경 쓰지 왔았다. 쓰레기 광산 주민들의 인생은 보통 다른 이유로 끝났으니까.

해가 저물었다. 리아 일행은 돈다발 대신 혹 주머니 같은 자루 세 개만 주렁주렁 매달고 돌아왔다.

"이게 뭐야. 동전 하나 못 챙겼네."

상돈이 입을 삐죽거렸다. 셋은 소장이 운영하는 쓰레기 광산 중심부의 고물상에서 말없이 무게를 달고 푼돈을 받았다. 우스운 금액이었다. 일행이 그들의 아지트나 다름없는 전자제품 산으로 돌아왔을 때 리아는 다은의 옆구리를 툭 치며 뭔가를 보여줬다. 검은색 지갑이었다. 두께를 보니 현금도 꽤 들어 있어 보였다. 오늘은 마이닝 머신이 내뱉은 법칙이 제대로 들어맞은 것이다. 지갑을 본 상돈이 펄쩍 뛰었다.

"너 왜 지금까지 말……."

리아가 상돈의 입을 막고 눈치를 줬다.

"소장이 의심할까 봐 말 안 했어. 지금 개봉식 한다. 다은이 네가 열어봐."

다은은 지갑을 펼쳐 내용물을 확인했다. 모아이 석상처럼 줄곧 굳어만 있던 다은의 얼굴이 처음으로 활짝 퍼졌다.

"도, 돈이야. 엄청 많아!"

다은은 리아와 상돈에게도 돈을 보여줬다. 현금이었다. 바깥사람들에겐 잃어버려도 큰일 안 나는 액수일지 몰라도 이곳 쓰레기 광산에선 일주일은 일해야 벌 수 있는 돈이었다.

"진짜 그 기계가 맞춘 거야? 신내림 받은 무당 같아."

"머신이 맞춘 건지 우연인지 알 게 뭐야. 치킨버거나 먹으러 가자!"

리아 일행은 약속한 듯 버거리아를 향해 걷기 시작했다. 예상치 못한 돈이 생길 때마다 읍내 유일한 패스트푸드점을 찾아가는 것이 그들에겐 하나의 규칙이었다. 버거 맛은 그냥 그랬고 콜라도 김빠져 있기 일쑤지만 패스트푸드점 특유의 활기와 쾌적한 온도, 깔끔한 분위기, 그 모든 게 좋았다.

각각 치킨버거가 하나씩 놓인 트레이를 앞에 두고 앉은 리아 일행을 아르바이트 점원조차 의외라는 듯 힐끔거렸다. 이 매장에서 리아 일행은 셋이서 감자튀김 하나만 시켜놓고 조금씩 나눠 먹는 녀석들로 유명했기 때문이다.

"미성년자도 아닌데, 이제 우리도 아무 데서나 일할 수 있지 않을까? 알바만 해도 쓰레기 뒤지는 일보단 많이 벌 것 같아."

상돈이 푸념하듯 말했다. 리아는 상돈의 희망을 꺾고 싶진 않았지만 저도 모르게 튀어나오는 냉소적인 말을 멈추기도 힘들었다.

"취직을 하려면 주소가 있어야 돼. 우린 다 불법 가건물 사니까 주소지도 없지, 은행 계좌는 있냐? 핸드폰은?"

"이, 이제부터 만들면 되지."

"우리한테서 나는 쓰레기 냄새는 어쩔 건데? 제대로 된 옷은 있어? 이 꼴로는 버거리아 알바 면접도 떨어질 거다."

상돈이 금세 시무룩해져 입을 다물었다. 리아는 주눅 든 상돈이 가여웠지만 기어코 그렇게 만들곤 했다. 의미 없는 승리감과 더불어 후회가 밀려왔다.

"상돈이 네가 잘못했다는 건 아냐. 우리 부모란 작자

들 잘못이지. 난 엄마 때문에 출생지가 버거리야. 상
돈이 너희 엄마는 알코올중독이고. 그리고 다은이 아빠
는…… . 아니다, 말을 말자. 내 말은 자기들 인생도 개
차반이면서 왜 애를 낳아서 고통만 물려주느냐 이거지.
이름도 똥같이 지어주고."

"그래도 박리아는 괜찮은 편이잖아. 다른 햄버거집
이었으면 박거킹 될 뻔……."

상돈은 눈치 없이 한마디 덧붙이다 리아의 눈총을
받았다. 리아의 말은 틀린 데가 없었다. 리아 일행의 부
모들은 좋게 말해 구제 불능의 인간들로, 하나같이 어
린 자식들에게 생계를 떠넘기고 집에만 틀어박혀 있었
다. 다은의 아빠는 오른손이 없었다. 도박을 끊겠다며
공업용 그라인더로 자기 손을 아작 낸 그는 돈만 생기
면 남은 왼손으로 도박을 하러 갔다.

"부모님들 잘못도 아냐. 도박장 잘못이야."

묵묵히 감자튀김만 씹고 있던 다은이 짐짓 어른스럽
게 말했다. 동광시는 최대 규모의 쓰레기 매립지를 떠
안는 대가로 최대 규모의 카지노를 국가에 요구했다.
침체된 지역 경제를 살리겠다는 명분이었다. 법안과 조

레 발의 과정에서 옥신각신하며 시간을 보낸 끝에 쓰레기 광산이 생긴 지 정확히 10년 뒤에 동광 카지노가 문을 열었다. 동광 카지노는 지역 경제의 블랙홀이 되었다. 모든 지역 사업은 도박광들을 위한 장사로 통일되었고, 어른들은 그렇게 번 돈을 쓰러 도박장에 갔다. 배를 불리는 건 오직 동광 카지노뿐이었다. 카지노 금고에 현금만 1조 원을 쌓아두고 있다는 믿을 수 없는 얘기도 들려왔다. 그 돈은 도박에 눈먼 사람들의 돈이었다. 전 재산을 털리고 오갈 데 없어진 이들은 이곳 쓰레기 광산에 눌러앉았다. 쓰레기 광산 사람들의 눈빛이 하나같이 탁한 것은 바로 이런 이유에서였다. 모두가 정도의 차이는 있어도 하나같이 도박에 중독되어 있었다. 돈이 모이면 이곳을 벗어날 생각을 하는 게 아니라 동광 카지노에 갖다 바칠 궁리만 했다. 미래도, 희망도 없는 쓰레기 광산 사람들에게 그것은 유일한 투자처이자 일종의 헌금이었다.

리아 일행은 국도변의 흙길을 걸어 쓰레기 광산으로 돌아갔다. 상돈과 다은은 한심한 부모가 잠들어 있을 각자의 컨테이너로 뿔뿔이 흩어졌다. 리아는 오늘도 집에 들어가기 싫었다. 외박한 것 때문에 엄마가 이틀 치 잔소리를 할 게 뻔했으므로. 하지만 리아가 발길을 돌리려 할 때, 세상에서 제일 듣기 싫은 목소리가 들렸다.

"어딜 가 이년아."

엄마가 2층 난간에 상체를 기댄 채 리아를 내려다보고 있었다. 너무 말라 홀쭉한 볼과 원피스 아래로 내놓은 쇠꼬챙이 같은 다리가 눈에 들어왔다. 독기를 잔뜩 품은 눈꼬리가 사정없이 치켜올라가 있었다. 불행하게도 리아가 쏙 빼닮은 바로 그 모습이었다. 엄마는 귀한 딸을 늘 "이년아, 저년아" 하고 불렀다. 엄마의 오른손 검지와 중지 사이에는 불붙은 담배가 끼워져 있었다. 리아는 지고 싶지 않았다.

"오늘도 그 돼지 새끼한테 깔려 있을 줄 알았는데 벌써 끝났나 봐?"

"저년은 지 엄마한테 말을 아주 개같이 하네. 어디 다녀와? 인재랑 데이트하고 오냐?"

"내가 그 병신이랑 왜 놀아!"

"걔 너 좋아해. 걔 공무원이야. 걔는 너 거지인데도 좋대. 뭐가 문제야?"

"내 생각은 안 중요해? 난 개 싫어!"

"저게 어려서 정신을 못 차리네. 괜찮은 놈이 너 좋다고 할 때 얌전히 물어 이년아. 애먼 놈이랑 붙어먹으면 니 엄마처럼 되는 거야. 챙겨주는 사람 하나 없어서 햄버거집 화장실에 기어들어가서 내가……."

"이 씨발! 변기에다 애 낳은 게 자랑이냐! 다음엔 똥도 주워다 키우지!"

리아는 버럭 소리를 지르고 돌아섰다. 머리 위에서 엄마의 말소리 대신 들린 것은 침 뱉는 소리였다. 정말 상상을 초월하는 모친이었다. 리아는 담배 냄새가 풍기는 걸쭉한 가래침을 머리에 달고는 창고로 뛰어갔다.

리아는 화풀이하듯 창고 문을 쾅 닫고 씩씩대며 모니터 앞에 앉았다. 눈물이 핑 돌았다. 엄마가 침을 뱉은 것이 서운한 게 아니었다. 엄마가 대책 없이 세상에 자신을 뱉어놓은 일이 서럽고 억울했다. 왜 행복한 일이라곤 하나도 없는 쓰레기 광산에 리아를 데려왔을까. 눈물로 흔들리는 리아의 시야에 모니터가 들어왔다. 마이닝 머신은 세상의 희로애락과는 관계없이 열심히 데이터를 먹고 결괏값을 뱉어냈다.

습도가 50퍼센트에서 49퍼센트로 변한 뒤 5초 내에 던져진 주사위 눈은 100퍼센트 확률로 1.

멍하니 화면을 들여다보던 리아의 온몸에 소름이 돋았다. 오늘 마이닝 머신이 만들어낸 문장은 이전과는 달랐다. 리아의 육신보다 한 박자 늦긴 했지만 곧 리아의 인식도 이것이 뜻하는 바를 알아챌 수 있었다. 이걸 통해 뭔가를 할 수 있을 것만 같다는 직감이 들었다. 어느새 눈물이 말라 있었다.

3

아침부터 리아와 상돈, 다은은 창고에 모여 모니터를 보고 있었다. 심각한 표정을 짓던 상돈이 제일 먼저 입을 열었다.

"습도가 뭐야?"

"공기 중에 물기가 얼마나 있느냐 하는 거야."

"50퍼센트나 물이라고? 그럼 숨은 어떻게 쉬는 거야?"

리아가 한숨을 쉬었다. 상돈과 다은은 좋은 친구들이었지만 돈 버는 머리가 한참 부족했다.

"바보야. 습도가 문제가 아니라고. 주사위 눈을 맞힐 수 있다니까! 이게 무슨 뜻인지 모르겠어?"

"주사위가 왜?"

"도박장! 동광 카지노에서 돈을 딸 수 있단 말이야."

"난 주사위 도박이 있는 줄도 몰랐어."

"이 동네에 태어나서 도박을 모르는 건 브라질에 살면서 축구를 모르는 거나 마찬가지야. 반성해."

대화가 멈추자 컨테이너 창고 안에는 하아, 하아 하고 세 사람이 숨을 몰아쉬는 소리로 가득했다. 마이닝 머신이 뿜어내는 열기 때문에 대낮이면 창고는 통 오븐이 되었다. 컨테이너 벽에 환풍기를 설치하고, 주워온 대형 선풍기로 열기를 식히고는 있었지만 역부족이었다. 줄곧 입을 닫고 있던 다은이 뺨으로 흘러내린 땀을 닦으며 말했다.

"이 기계가 내뱉는 문장이 100퍼센트 맞는다고 확신해?"

"확신은 못 해. 다 확인 안 해봤으니까. 근데 난 믿어."

"이번엔 확인해볼 수 있겠네. 습도계랑 주사위만 있으면."

리아는 좋은 생각이 떠올랐다는 듯 다은을 보며 미소 지었다.

"너희 둘이 소동을 좀 내줘야겠어. 내가 준비물을 구해 올게."

벌써 어디선가 주사위 굴러가는 소리가 들리는 것만 같았다.

동광 카지노 입구는 이른 아침부터 사람들로 북적였다. 인기 있는 카지노가 되기 위한 요소는 다양했다. 넓고 쾌적한 시설, 다양하게 보유한 게임들, 도박꾼들의 접근성 등. 그중 동광 카지노의 인기 요소는 가장 근본적인 것에 있었다. '돈을 벌 수 있다는 기대.' 카지노의 게임장 측 수익은 단 5퍼센트로 설정되어 있었다. 플레이어들이 더 높은 확률로 돈을 따갈 수 있도록 모든 게임에 수학적 설계가 들어가 있었다. 도박꾼들은 은혜롭고 호의적인 도박장 정책에 매료되어 동광 카지노에 몰려들었고, 결국 전 재산을 뜯어먹히는 처지가 되곤 했다. 이 거대한 덫을 설계한 사람은 동광 카지노의 마스터, 정소열이었다. 정소열은 거대한 탄광을 소유했던 가문에서 태어났다. 그의 집안은 증조부 때부터 지역 유지로 대접받았다. 라스베이거스와 마카오 등지로 카지노 유학을 다녀온 정소열은 순조롭게 동광시 카지노 사업자로 선정되었다. 쇠퇴한 광산업을 포기하고 신사업을 개척하는 데 성공한 것이다. 정소열은 사업적 머리뿐 아니라 성실함에 있어서도 독보적이었다. 그는 동광 카지노가 개장한 뒤 단 하루도 예외 없이 제일 먼저 출근했고 가장 늦게 퇴근했다. 정소열은 해가 뜨기 전에 기상해 카지노 주변을 조깅하며 둘러본 뒤, 자신의 사무실에 들어와 새벽기도를 마치고 업무를 시작했다.

"작년 한 해 테이블 게임 통계 냈던 PC는 제대로 파기한 것 맞습니까? 중요 데이터입니다."

카지노 플로어를 내려다보던 정소열이 조용히 입을 열자 옆에 서 있던 동광 카지노의 이인자, 명서진 실장이 긴장했다. 월요일마다 있는 주간 보고를 마친 참이었다.

"PC는 직원들이 직접 정평 매립지에 버리고 와서 중고업자한테 샐 일은 없습니다. 왜 그러시죠?"

"다 지워진 데이터도 복구하는 사례가 있다고 합니다. 지금부터 동광 카지노에서 폐기되는 모든 PC는 공업용 말굽자석으로 하드디스크를 손상시키고 버리도록 하세요."

"네. 그렇게 지시하겠습니다."

명서진은 공손히 목례하고 사장실을 나왔다. 정소열은 언제나 사람을 긴장시켰다. 카지노를 개장한 이래 직원들과 사적인 식사 자리 한 번 가진 적이 없는 그는 해가 떠 있는 동안 커피 한 모금 마시지 않고 금식했다. 180센티미터가 훌쩍 넘는 큰 키에도 몸무게는 60킬로그램에 채 못 미쳐, 서 있는 모습이 마치 기괴한 허수아비를 연상시켰다. 홀쭉한 볼과 냉기가 감도는 눈빛은 그를 냉혈한처럼 보이게 했다. 그는 실제로도 냉혈한이었다. 정소열은 인간적인 문제에는 도통 흥미가 없었다. 돈과 기름진 음식, 성적인 행위 모두 혐오했다. 오직 신과의 문제만이 관심사의 전부였고 신을 찬양하는 것만이 유일한 쾌락이었다. 가업을 물려받아 부흥시켜야 하는 장남의 책무만 아니었다면 정소열은 진즉에 종교에 귀의해 수도사가 되었을 사람이었다. 그런 정소열이 신봉하는 것이 한 가지 더 있었는데, 바로 숫자였다. 정소열은 항상 과학적인 방식으로 세상을 사고했다. 과학적인 사고관을 가진 자가 신을 믿는 건 모순이

거나 기만이었지만 정소열에겐 아니었다. 신이 존재하는 게 분명하다면 그 물적 증거도 반드시 있을 것이라고 그는 생각했다. 정소열은 신의 증명을 손에 넣고 싶었다. 신을 목격하고 싶었다. 하지만 신은 아직까지 그에게 그런 기회를 주지 않았다. 카지노를 운영하며 목격한 현상들을 통해 신의 존재를 간접적으로 납득할 뿐이었다. 동광 카지노는 최종 수익 5퍼센트를 목표로 게임을 설계했지만 그 목표를 훨씬 상회하는 20퍼센트의 수익을 기록하며 고속 성장을 이뤘다. 실로 신의 은혜가 아니고서는 설명할 수 없는 일이었다. 신이 도박꾼들에게 심판을 내리기 위해 주사위 놀이에 관여하는 중이라고 정소열은 생각했다. 확률이라는 게임에서 신은 언제나 우세하고 인간은 약하다. 설정된 확률을 극복하고 카지노에서 돈을 딸 필승의 법칙이라는 것은 현재의 어떠한 과학도 만들어내지 못했다. 카지노는 그에게 신을 영접하기 위한 거대한 제단인 셈이었다. 하지만 아직 부족했다. 더 확실한 증명이 필요했다. 목이 타는 게 느껴졌다. 정소열은 찻잔에 따라놓은 미온수를 마시고는 사장실을 나섰다. 왠지 불안한 기분이 드는 날이었다.

"으아아악! 아이고 내 손목!"

날카로운 비명이 쓰레기 광산에 메아리쳤다. 쓰레기 더미가 무너져서 사람이 다치는 건 흔한 일이었다. 하지만 오늘의 부상자는 너무 심하게 아픈 티를 냈다. 계속되는 고함에 컨테이너 사무실에서 일을 보고 있던 소장이 달려 나왔다. 상돈이 손목을 감싼 채 바닥을 데굴데굴 구르고 있었고, 그 옆에서 다은이 오함마를 내려놓고 난처한 표정을 짓고 있었다. 폐가전을 분해하려다 사달이 난 모양이었다. 소장은 달려가서 상돈의 상태를 살피지 않을 수 없었다.

"야! 너희 제대로 보면서 일하라니까! 망치에 맞은 거야? 어?"

"아이고! 세탁기 부수랬지 왜 내 손을 박살 내!"

"앰뷸런스, 아니지 잠깐만. 너 의료보험 없지?"

"있어도 체납됐을 거예요! 우리 엄마가 낼 사람이 아니니까."

소장이 상돈의 손목을 보려고 했지만 상돈이 자신의

양팔을 가랑이 사이에 꽁꽁 숨기고 있는 탓에 부상 정도를 확인할 수 없었다. 소장은 왠지 찜찜했다. 모든 게 장난스러운 연극 같았다. 상돈과 다은은 표정만 찡그리고 있을 뿐, 진짜 사고 현장에서 나오는 다급함이 전혀 느껴지지 않았다. 무엇보다 사고가 난 위치가 너무 절묘했다. 소장의 컨테이너에서 문을 열면 바로 보이는 장소에 상돈이 보란 듯이 쓰러져 있었다. 거긴 평소에 리아 패거리가 활동하던 영역이 아니었다. 태도가 바뀐 소장은 팔짱을 낀 채 아이들을 내려다봤다.

"요놈의 새끼들, 너희 엊그제 최 씨 다쳐서 약값 꿔 가는 거 보고 공갈 사고 벌인 거지? 나한테 돈 빌려서 도박장이라도 가게? 너희 부모들이랑 똑같이 살려고 그러냐!"

"아저씨, 무슨 말을 그렇게 해요! 진짜 아파서 뒤지겠는데!"

"알아서 일어나! 얼굴에 진땀 한 방울 안 흐르네. 애새끼들이 벌써부터 영악해빠졌어."

소장은 침을 퉤 뱉고는 돌아섰다. 상돈과 다은에게 속고 있다는 소장의 직감은 반만 맞았다. 사실 그사이 리아가 소장의 컨테이너 사무실에 숨어들었다는 것을 소장은 까맣게 몰랐다. 월요일 오전이면 늘 소장이 캐비닛 서랍을 열고 현금을 센다는 걸 리아는 알고 있었다. 지폐를 세던 중 비명을 들은 소장은 캐비닛 키를 그대로 꽂아둔 채 자리를 비웠다. 그 잠깐 동안 리아는 사무실에 잠입해 만 원짜리 몇 장을 슬쩍하고는 재빨리 도망쳐 나왔다. 없어져도 모를 정도의 금액이었다. 소장이 사무실로 돌아와 돈을 마저 세는 사이, 컨테이너 뒤편에 숨어 있던 리아는 상돈과 다은을 보며 의기양양한 미소를 지어 보였다.

쓰레기 광산을 빠져나온 세 친구는 읍내 유일한 고등학교 앞 문구점에 갔다. 리아가 훔친 돈은 전자식 습도계와 주사위 세 개를 사고도 천 원짜리 몇 장이 남는 액수였다. 리아는 남은 돈으로 캔 사이다 하나를 더 샀다. 건물 입구에서 사이다를 홀짝이는 중에도 상돈은 건물 관리인이 자신들을 고깝게 보진 않는지 눈치를 살폈다. 바깥 세계에서 쓰레기 광산 주민들은 이유도 없이 욕을 먹고 쫓겨나기 일쑤였다. 돈을 내고 물건을 산다고 해도 팔지 않겠다는 가게 주인들도 있었다. 말로는 쓰레기 광산 사람들에게서 나는 냄새가 다른 손님에게 해가 된다고 했지만 속내는 남을 차별하며 느끼는 야비한 쾌감을 즐기는 듯했다. 막 대해도 뒤탈 없는 이곳 주민들은 그들이 손쉽게 스트레스를 해소할 수 있는 샌드백이나 다름없었다. 쓰레기 광산 사람들의 대응은 셋 중 하나였다. 상돈처럼 소심해지거나, 다은처럼 무심해지거나, 리아처럼 까칠해지거나.

"지금 습도가 30퍼센트밖에 안 되잖아. 어떻게 딱 맞는 데를 찾냐?"

"다리 밑. 물이 많잖아."

리아의 질문에 다은은 또 조용히 해법을 제시했다. 정평읍에는 읍내를 가로지르는 실개천이 흐르고 있었다. 전혀 관리가 되지 않아 여름이면 물비린내로 사람들을 괴롭혔고 장마철에는 상습적으로 범람하는 곳이었다. 천변을 좋아하는 사람들은 다리 밑에서 취식하는 노숙자들밖에 없었는데, 그들은 이제 쓰레기 광산으로 거처를 옮겨 살고 있었다. 리아 일행이 도착했을 때 다리 밑에는 적막만이 흐르고 있었다. 리아가 전자식 습도계를 작동하자 55퍼센트라는 수치가 찍혔다.

"오, 여기야. 가능성 있어!"

리아는 햇볕이 드는 가장자리를 향해 조금씩 발길을 옮겼다. 걸음마다 습도는 점점 떨어져 50퍼센트에서 오르내리는 지점을 발견했다. 리아는 자리에 주저앉아 습도계의 숫자가 변하기만을 기다렸다. 상돈과 다은은 처음에는 침을 꿀꺽 삼키며 지켜봤지만 숫자는 그들이 원하는 만큼 쉽게 바뀌지 않았다. 10분 이상 기다림이 지속되자 상돈과 리아는 금세 지쳐 주사위로 공기놀이를 했다. 끈기 있게 숫자를 지켜보는 것은 다은밖에 없었다. 몇 분이나 지났을까, 공기놀이에도 지친 리아와 상돈이 점점 몸을 허물어뜨려 바닥에 퍼질 때쯤 다은이 외쳤다.

"지금 던져!"

상황을 눈치챈 리아가 재빨리 들고 있던 주사위를 바닥에 던졌다. 놀라운 일이 벌어졌다. 리아와 상돈, 다은 모두 잠시 할 말을 잃었다. 세 주사위 눈이 모두 정확히 '1, 1, 1'이었다.

"습도 변한 지 5초 안 지났어. 한 번 더 던져!"

리아는 바닥에 떨어진 주사위를 냉큼 주워 한 번 더

던졌다. 바닥에 떨어진 주사위 눈이 이번에는 '1, 1, 2'였다. 주사위 하나의 예외가 있었다곤 하지만 연속으로 이렇게 많은 1의 눈을 보다니, 마이닝 머신이 발견한 기묘한 법칙이 놀라운 정확도로 맞는다고밖에 볼 수 없었다.

"됐어. 이번에도 머신이 맞았어. 도박하러 가자."

"지금 바로?"

"망설일 게 뭐가 있어? 우린 주사위 눈을 맞출 수 있는데!"

그때 보란 듯이 맑았던 하늘에서 소나기가 쏟아졌다. 시멘트바닥을 다다다 때리는 소리가 시끄러울 정도로 공격적인 비였다. 습도는 순식간에 몇 퍼센트씩 올라가더니 다시는 50퍼센트 언저리로 내려오지 않았다. 이대로라면 습도보다 물이 불어나는 걸 더 걱정해야 할 판이었다. 리아 일행은 다리 밑에서 빠져나왔다. 리아가 눈가를 촉촉하게 적신 빗물을 닦아내며 기운차게 말했다.

"오늘이 날이야. 바로 동광 카지노 습격이다."

"우리 돈도 없잖아. 신분증도 없고. 거기 성인 인증

해야 들어갈 수 있다던데."

"한 큐에 해결할 수 있어. 나만 따라와."

리아는 어리둥절해하는 상돈과 다은을 이끌고 어디론가 향했다.

셋이 도착한 곳은 동광시청이었다. 때마침 점심시간이라 공무원들이 식사를 하기 위해 우르르 빠져나오고 있었다. 리아는 민원실 앞 벤치에서 상돈과 다은에게 기다리라고 하고는 시청 환경과 앞으로 갔다. 그리고 잠시 후 복도에서 목표물과 마주칠 수 있었다.

"이게 무슨 일이야? 박리아가 나를 찾아온 거야?"

조인재였다. 주소지가 없어 곤란한 주민들의 문제를 그가 몇 번 해결해준 것을 리아는 기억하고 있었다. 물론 공짜는 아니었다. 아무리 형편이 어려운 사람에게도 그는 받아낼 것은 받아냈다. 인재는 음흉하면서도 느끼한 미소를 지으며 비를 맞아 쫄딱 젖어 있는 리아에게 다가왔다. 리아는 역겨웠지만 최대한 침착하게 말을 꺼냈다.

"부탁이 있어요. 나랑 김상돈, 이다은. 셋 다 성인이잖아요. 신분증 만들고 싶어요. 우리 마을 애들은 모아

서 처리한다고 말만 해놓고…… 그리고 내일까지 갚을
테니까 돈도 좀 빌려줘요."

인재는 건수라도 잡았다는 듯 입맛을 다셨다.

"리아 부탁이니 오빠가 들어주지 당연히. 근데 리아
도 오빠 부탁 들어줘야겠는데?"

리아는 담담하게 고개를 끄덕였다. 녀석의 저열함을
생각하면 충분히 예상할 수 있는 일이었다.

4

인재는 거들먹거리는 걸음으로 앞장을 서며 말했다.

"너희는 거주불명자라서 신분증 발급이 까다로워. 그 동네는 쓰레기장이지 주거지가 아니잖아. 그래서 미뤄진 거지 그래도 방법이 없는 건 아냐. 소장이 이 동네에 오피스텔을 갖고 있으니까 거기를 거주지로 해서 등록해주거든. 오빠 말이면 다 통하니까 너희는 안심해도 돼."

리아는 소장이 쓰레기 마을 바깥에 집을 가지고 있을 줄은 몰랐다. 똑같이 쓰레기 더미에서 뒹굴며 살아도 소장은 마을 사람들하고는 달리 밑천을 단단히 챙긴 모양이었다. 인재는 리아와 함께 엘리베이터에 탔다. 인재가 누른 층수는 민원실이 있는 1층 로비가 아니라 지하 1층이었다.

"돈도 필요하다고 했지? 얼마나?"

"동광 카지노 테이블 최대 베팅이 얼마까지예요?"

"1인당 10만 원이야. 성인 되자마자 카지노부터 가시게?"

"그럼 딱 30만 원만 빌려줘요."

"그래. 그 전에 잠깐 조용한 데 가서 오빠랑 얘기 좀해줘."

지하 1층에서 내린 인재는 복도 끝에 있는 문을 열고 들어갔다. 퀴퀴한 냄새가 나는 비품 창고였다. 인재를 따라 들어온 리아는 주변을 유심히 둘러봤다. 창도 없고, CCTV도 없었다. 예상을 한 치도 벗어나지 않은 공간이었다. 시간을 지체하기 싫었던 리아는 말없이 젖은 티셔츠를 훌렁 벗었다. 낡은 아이보리색 브래지어를 걸친 깡마른 상체가 드러났다. 인재가 미간을 찌푸리며 물었다.

"뭐 하는 거야?"

"가슴까지만 돼요."

"누가 벗으랬어? 너 가슴도 없잖아."

"그럼요? 바지 벗어요?"

"다시 입어! 얘가 나를 뭐로 보는 거야."

멀쩡한 사람처럼 구는 인재가 리아는 오히려 더 낯설었다. 인재는 헛기침을 한 뒤 목소리를 깔았다.

"그때 허락도 없이 키스해서 미안했어."

"허락받고도 하지 마요. 어차피 허락 안 해줄 거지만."

"리아야. 오빠가 남자로 안 느껴져? 왜?"

"그냥 싫어요. 이유는 모르겠어요."

"싫기까지 해?"

"네."

인재는 충격을 받은 듯 입을 벌리고 리아를 바라봤다. 리아는 다시 티셔츠를 입었다. 인재는 어울리지 않게 감상에 찬 눈으로 한동안 허공을 응시했다. 그러곤 한숨을 깊게 내쉬며 문을 열었다. 리아는 뒤늦게 조금 미안해졌다. 하지만 동시에 다행이라고도 생각했다.

인재는 그날 이상할 정도로 순순히 일을 도와줬다. 리아 일행을 데리고 즉석 사진기에서 증명사진을 찍게 하고, 주민등록 신청 서류를 작성해서 제출하고, 당장 카지노에서 신분을 인증할 수 있는 임시 확인서를 발급받고, ATM 기기에서 30만 원을 인출해 리아의 손에 쥐여줬다. 편의점에서 장우산까지 사 줬다. 리아는 우산을 받아 나오며 인재에게 고개 숙여 인사했다.

"고맙습니다. 내일 갚을게요."

인재는 대꾸도 없이 홱 돌더니 청사로 들어갔다. 우여곡절은 많았지만 카지노 입장을 위한 준비가 끝났다. 신분증도, 도박자금도, 무엇보다 중요한 게임의 필승법도 모두 리아 일행의 손아귀에 있었다.

동광 카지노 정류장에서 내린 세 친구는 우산 하나를 나눠 쓰며 으리으리한 로비를 향해 걸어갔다. 악마의 카지노. 현금 1조 원을 쌓아두고 있는 금광. 그 명성은 익히 들어왔으나 동광 카지노에 들어와본 것은 처음이었다. 리아는 언젠가 영화에서 본 카지노 장면을 생각했다. 번쩍번쩍한 슬롯머신 앞에서 잘생긴 남녀가 파티에 온 것 같은 차림으로 슬롯을 돌리고 있는 모습을. 하지만 리아 일행이 제일 먼저 본 것은 퀭한 눈을 한 우중충한 차림의 아저씨 아줌마들이 허겁지겁 현금을 뽑아 게임장으로 들어가는 모습이었다. 카지노 내부에도 그런 사람들이 득실대고 있었다. 리아는 한동안 말을 잃고 입구에 서서 게임장을 둘러봤다. 놀이공원의 회전목마처럼 아기자기하게 꾸며진 게임장 내부는 동화 속 나라 같았지만, 그 안에서 찌든 사람들이 눈에 핏발을 세운 채 만들어내는 분위기는 공간과 기묘한 부조화를 이뤄 무섭기까지 했다.

"주사위 게임은 저쪽."

유일하게 냉정을 유지하고 있던 다은이 손가락으로 게임장 한쪽을 가리켰다. 리아 일행은 그쪽으로 다가갔다. 초록색 테이블에는 하얀색 경계선이 여러 개 그어져 있었고, 경계선이 만드는 칸마다 주사위 그림이 그려져 있었다. '다이사이'라는 게임이었다. 테이블 중앙에 설치된 투명한 돔 안에서 기계가 주사위를 굴리고, 그 눈에 따라 결과가 정해지는 단순한 게임이었다. 한 번의 게임을 치르는 데 필요한 시간은 베팅에 걸리는 30초, 주사위가 돌아가는 데 걸리는 3초가 전부였다. 리아는 배당 배수가 표시된 테이블 상단을 주목했다. '1, 1, 1'이라는 눈은 이 게임에서 최대 배당인 150배를 받아 잭팟을 터트릴 수 있는 숫자였다. 리아는 습도계를 확인했다. 비를 맞고 들어온 인파 때문일까, 습도는 60퍼센트가 넘었다. 아직 승부를 걸 만한 지점은 아니었다. 리아 일행은 각자 하나씩 손에 쥔 10만 원짜리 칩을 만지작대며 한없이 기다렸다. 천장에서는 시스템에어컨이 돌아가고 있는 것으로 보였는데, 어째서인지 그것만으론 습도가 낮아지지 않았다. 잠시 후, 게임장 곳곳에 운영관리팀 사람들이 이동식 제습기를 설치해 작동시키기 시작했다. 실내 환경을 균일하게 유지하는 것은 동광 카지노에서 가장 신경 쓰는 일이었다. 온습도의 변화는 주사위와 룰렛, 카드 같은 도구들에도 영향을 끼치기 마련이었다. 리아는 점점 습도가 내려가는 것을 체크했다. 때마침 저녁 식사 시간이었고, 허기를 해결하기 위해 도박장에서 빠져나가는 사람들이 눈에 띄기 시작했다. 30분 넘게 기다린 끝에 60퍼센트에서 시작한 습도는 50퍼센트까지 낮아졌다. 승부 타이밍이 다가온 것이다.

"아직이야?"

상돈이 불안한 목소리로 리아에게 소곤댔다. 리아는 습도 수치가 50퍼센트와 49퍼센트 사이를 오가는 것을 몇 번이나 목격했지만 딱 맞는 타이밍을 찾아내지 못했다.

"베팅 마치겠습니다."

딜러의 목소리가 들렸다. 그때였다. 습도는 50퍼센트에서 49퍼센트로 떨어졌다. 리아의 주먹에 불끈 힘이 들어갔다. 딜러가 기계식 주사위를 작동시키기 직전, 반사적으로 자신이 쥐고 있던 10만 원짜리 칩을 '1, 1, 1' 자리에 던졌다. 상돈과 다은도 동시에 베팅했다. 테이블 주변에 모여 있던 사람들이 흥미롭다는 표정으로 리아 일행을 쳐다봤다. 최대 베팅 금액을 가장 확률이 낮은 눈에 거는 일은 좀처럼 구경할 수 없었기 때문이다. 게다가 베팅을 한 이들은 누가 봐도 어린애처럼 보이는 세 친구였다. 투명 돔 안에 들어 있던 주사위가 진동하며 돌아가기 시작했다. 리아는 그 잠깐의 시간 동안 여러 생각을 했다. 지금 이 상황이 마이닝 머신이 도출한 결괏값과 정확히 일치하는 상황일까? 1의 눈이 나온다는 결과는 사람 손으로 던진 주사위에서만 유효한 게 아닐까? 주사위가 돌아가기 시작한 시간은 5초 이내지만 멈춘 시간이 5초를 넘어간다면 그 눈도 1이

나올까? 저 투명한 돔 안쪽의 습도는 이곳과 다르기 때문에 전혀 다른 결과가 나오는 건 아닐까?

"아, 제발!"

주사위가 돌아가는 동안 상돈은 자기도 모르게 소리를 쳤다. 상돈은 눈을 질끈 감고 기도하듯 두 손을 모았다. 리아도 주사위를 쳐다볼 수 없었다. 리아가 시선을 피한 사이, 먼저 들린 것은 주변 사람의 외침이었다.

"오우! 이게 무슨 일이야!"

리아는 고개를 들었다. 멈춘 주사위의 눈이 정확히 '1, 1, 1'을 가리키고 있었다. 리아는 저도 모르게 "억!" 소리를 냈고, 상돈은 눈물을 글썽거렸다. 주변을 경계하듯 표정 관리를 한 것은 다은뿐이었다. 딜러는 리아 일행이 베팅한 칩 위에 150배에 해당하는 칩을 쌓아 올리기 시작했다. 딜러가 새 칩 세트를 뜯어서 차곡차곡 쌓자, 세 개뿐이던 칩은 450개가 되었다.

"잭팟이네 잭팟이야. 저런 거 구경해봤어?"

"근데 저 애들은 방금 첫 베팅 아니었어?"

사람들이 리아 일행을 흘끔거리며 수군대는 소리가 들렸다.

"따로 담아드리겠습니다."

딜러는 리아 일행을 향해 웃어 보이곤 플라스틱 박스에 칩을 가지런히 담아줬다. 그 칩을 받아 든 리아와 상돈은 좋아서 펄쩍펄쩍 날뛰었다.

"야, 봤어? 미쳤다, 미쳤어! 이게 얼마야!"

"너 돈 계산 안 되냐? 30만 원의 150배니까 4,500만 원이야!"

다은은 주변에서 베팅하고 있던 사람들의 묘한 눈초리를 알아챘다. 결코 호의적인 눈빛들이 아니었다. 그들은 이 테이블에서 적게는 몇십, 많게는 몇천만 원씩 뜯기고 있던 사람들이었다. 칩 하나가 아쉬운 그들 사이에 있다간 감당할 수 없는 일이 일어날지도 몰랐다. 다은은 플라스틱 박스를 가로채듯 빼앗아 다이사이 테이블을 빠져나왔다.

"뭐야 이다은! 너 혼자 다 처먹게?"

리아와 상돈이 정신 못 차리고 들뜬 사이 다은은 재빨리 환전 부스로 가서 칩을 현금으로 바꿨다.

"삼등분해서 담아주세요."

계수기에서 5만 원권 지폐를 세는 소리가 들렸다. 리

아 일행이 구경도 못 해본 액수의 돈이었다. 환전 부스 직원은 5만 원짜리 지폐를 3백 장씩 나눠서 종이봉투에 담아주었다.

"야, 더 놀다 가자. 오늘 대박 난 날인데."

철없는 리아의 말에 다은은 단호히 대답했다.

"저 사람들이 우릴 이상하게 봐. 돈 벌었을 때 빨리 빠져나가야 해."

맞는 말이었다. 리아와 상돈은 아쉬움을 삼키고 돌아섰지만 신나는 기분을 주체할 수는 없었다.

세 친구가 제일 먼저 들른 곳은 버거리아였다. 돈이 생기면 늘 오는 곳이었지만 오늘처럼 주체할 수 없는 액수를 들고 온 일은 없었다. 그들이 주문한 건 당연히 버거리아에서 가장 비싼 한우스테이크버거였다. 남들이 들으면 비웃을지 몰라도 그 음식에선 돈의 맛이 났다. 셋은 햄버거를 반 이상 먹을 때까지 "맛있다, 맛있어"라는 말만 연발할 뿐 다른 대화를 하지 못했다. 제일 먼저 햄버거를 먹어치운 리아가 말을 꺼냈다.

"이 돈을 어떻게 쓰지? 집을 살까?"

"집은 못 살 텐데."

"뭐 어쨌든 진짜 개많이 큰돈이잖아. 안 그래? 완전 미친 개큰돈이라고. 우리 동네에서 도박장 가서 이런 미친 돈 딴 사람 역사적으로도 없을걸?"

"박리아, 흥분 좀 그만해. 너 말 되게 웃겨."

상돈도 다은도 키득대며 웃었다.

리아 일행이 돈을 숨긴 곳은 아무도 드나들지 않는 리아의 창고였다. 마이닝 머신에 연결된 복잡한 하드디스크들 사이에 세 개의 돈 봉투를 끼워 넣었다. 돈을 어디에 쓸지는 정하지 못했지만 세 친구가 딱 하나 약속한 것은 내일 해가 밝으면 이 돈을 다 써버리자는 것이었다. 큰돈이 있다는 게 알려지면 컨테이너에 불을 내서라도 훔쳐 갈 사람 천지였고, 부모도 예외는 아니었다. 이곳 쓰레기 광산에서 현금은 땡볕 아래 놓인 우유처럼 아슬아슬한 것이었다. 상해버리기 전에 다 먹어치우는 게 상책이었다.

돈을 안전하게 모셔놓고 안도한 상돈이 흡족한 얼굴로 컨테이너 문을 열었다. 하루 종일 내리던 빗줄기는 밤이 되자 더 굵어졌다. 비 오는 날이면 쓰레기 광산은 칠흑 속에 삼켜졌다. 낮 동안 흡수한 태양광으로 작동하는 가로등은 힘을 잃었고, 곳곳에 피워놓은 모닥불도 모두 꺼졌다. 상돈은 갑자기 옷을 훌렁훌렁 벗었다. 리아가 손가락질하며 웃었다.

"저 바보 새끼, 뭐 하냐!"

"샤워! 겨울 동안 한 번도 못 했단 말야!"

리아도 옷을 벗었고, 다은도 뒤늦게 속옷 차림이 되었다. 셋은 맨몸으로 빗줄기를 흠뻑 맞았다. 어둠 속에서 몸이 젖어가는 것만 느껴졌다. 부끄럽다는 생각도 들지 않았다.

"좋은 생각 났어. 저 돈으로 공용 샤워실 새로 만들자! 겨울에도 뜨거운 물 제대로 나오는 샤워실!"

리아가 푸석푸석해진 머리를 빗물에 감으며 외쳤다.

5

다이사이 테이블에서 일어난 이례적인 베팅은 동광 카지노 CCTV에 고스란히 담겼다. 카지노의 이인자 명서진은 이 영상을 정소열에게 보고하지 않을 수 없었다. 세 아이의 행동은 누가 보기에도 수상했다. 게임장에 들어오자마자 다이사이 테이블로 직행한 뒤, 40분 가까이 뭔가를 체크하며 기다리다 단 한 번의 베팅으로 150배 도박에 성공하고 유유히 카지노를 빠져나갔다. 이런 우연을 어떻게 설명할 수 있을까. 조금이라도 부정의 가능성이 엿보이는 상황은 모두 카지노 마스터에게 보고해야 했다.

"이 고객이 보고 있던 게 습도계였다는 말씀입니까?"

"네. CCTV를 확대해봤는데 문구점에서 파는 전자식 습도계였어요. 주사위 셔플 머신을 망가뜨리기 위한 장치였나 의심도 해봤는데, 기계 이상은 발견되지 않았습니다."

"테이블 책임자는 누구였습니까?"

"윤동인 딜러였습니다. 올해 6년 차. 근무 실적 양호하고 사고 낸 적 없습니다. 베팅했던 아이들하고는 일면식도 없다고 하네요."

"습도로 인한 고장 가능성은? 어제 습도가 평소와 달랐습니까?"

"그게…… 게임장 습도는 늘 40퍼센트로 유지하고 있었습니다. 그런데 어제 비가 많이 왔고 징크스 때문에 우산을 안 쓰고 온몸에 비를 맞고 들어온 고객들도 많았어요. 마침 에어컨 제습 기능도 제대로 작동을 안 하고 있었습니다. 그래서 긴급히 창고에 있던 제습기 열 대를 홀로 옮겨서 습도를 낮췄습니다."

냉정한 표정으로 CCTV 영상을 응시하던 정소열은 곧 결론을 내렸다.

"에어컨 수리 지시하고 오늘 업무 시작하십시오."

"저 애들은 내버려둬도 괜찮을까요?"

"의심할 만한 정황이 아닙니다. 도박에서 이겼으면 돈을 내주는 게 맞습니다."

명서진이 돌아간 후 혼자 남은 정소열은 다시 영상을 재생했다. 실장을 서둘러 내보낸 것은 들뜬 마음을 들키지 않으려는 목적에서였다. 20년 넘게 카지노 딜러로 살아온 경험으로 볼 때 그 아이들의 행동은 부정행위가 아니었다. 하지만 정상적인 베팅은 더더욱 아니었다. 어떤 갬블러도 게임 테이블 앞에서 이런 식으로 행동하지 않는다. 그렇다면 답은 하나였다. 다음에 나올 눈을 예언하는 도박사가 카지노에 나타났다는 것. 정소열은 생각했다. 이 동광 카지노를 연 뒤로 아니, 어쩌면 자신이 평생 동안 그토록 열망하며 기다리던 일이 벌어진 것일지도 모른다고.

그동안 쓰레기 광산에서는 대낮부터 분주히 공사가 한창이었다. 집채만 한 트럭이 집채만 한 컨테이너를 실어 와 분주히 배관 공사를 하는 모습을 주민들은 어리둥절하게 지켜보고 있었다. 가장 당황한 이는 소장이었다. 이곳에 소장의 허락을 거치지 않고 진행되는 공사란 없었다. 심지어 이 컨테이너를 구매한 이가 꼬맹이로만 알던 리아 일행이라니. 꿈에도 예상 못 한 일이었다. 그 애들에게 무슨 돈이 있어서?

"어제 도박장에 가서 따온 돈이에요"라고 말하는 걸 듣자니 더 의심스러웠다. 마음 같아서는 더 캐묻고 싶었지만 컨테이너가 새 샤워장이라는 말을 듣고 가만히 있기로 했다. 마을 사람들의 골칫거리였던 문제 하나가 난데없이 해결된 셈이었다. 이제는 겨울에도 몸을 씻을 수 있다는 말에 사람들은 리아 일행을 추켜세우며 박수를 쳤다. 동시에 무슨 도박을 해서 돈을 얼마나 땄는지 궁금함을 감추지 못했다. 리아는 그들에게 딱 컨테이너 샤워장 살 정도의 돈만 땄다고 잘라 말했지만 그건 사실이 아니었다. 컨테이너 샤워장을 사고도 꽤 남은 돈을 리아 일행은 다른 곳에 꽁꽁 숨겨두고 있었다. 딴 돈을 하루 만에 다 써버리자고 다짐했지만, 하루에 4,500원도 안 되는 돈으로 살아가던 아이들이 4,500만 원이나 되는 돈을 단숨에 쓴다는 것은 쉬운 일이 아니었다. 리아의 머릿속에는 이 돈을 어떻게 다 써버릴까

하는 즐거운 고민으로 가득했다. 갑부가 되었다는 것을 들키지 않기 위해 리아 일행은 그날도 열심히 쓰레기장을 뒹굴며 돈을 벌었다. 해가 질 때쯤 되어서 리아는 지폐 몇 장을 주머니에 꽂고 쓰레기 광산을 나섰다.

"빌린 돈 갚고 올게. 너희는 여기서 기다려. 돈 다 쓸 때까지 마을에 누군가는 꼭 남아 있어야 돼."

상돈과 다은은 고개를 끄덕이며 묵묵히 전자제품을 부수고 CPU를 수거했다. 리아는 우선 소장의 컨테이너 앞으로 가서 문 밑으로 지폐를 끼워 넣었다. 습도계와 주사위를 사느라 슬쩍 한 돈의 정확히 두 배였다. 다음으로 리아는 시청을 향해 걸었다. 제일 께름칙한 녀석한테 진 빚을 없애버리기 위해서였다. 시청 환경과에 들러 문에서 제일 가까이 있는 직원에게 돈을 대신 전해달라고 하고 돌아가려 했지만, 하필 또 복도에서 인재와 마주치고 말았다.

"리아가 오빠를 또 찾아왔잖아?"

시간이 남아도는 건지, 아니면 리아의 냄새를 기가 막히게 맡는 건지. 리아는 인상을 팍 쓰며 지폐를 내밀었다. 지폐를 세어본 인재는 느끼하게 웃었다.

"하루 이자를 100퍼센트나 쳐주나? 나 사채업자 된 기분이네."

인재는 지폐의 반을 다시 리아에게 돌려줬지만 리아는 받으려 하지 않았다.

"그쪽이 좋아서 주는 거 아니에요. 날 거지로 알까 봐 주는 거예요."

"공무원이 현금 받으면 큰일 나거든? 대신 저녁이나 같이 먹어줘라. 내가 살게."

"내가 당신이랑 밥을 왜?"

"너 카지노에서 꽤 땄잖아. 그러니까 나 같은 놈한테도 돈을 쏘는 거겠지. 근데 지폐로 갖고 있으면 그 돈 절대로 안전하지 않아. 같이 밥 먹으면서 내가 돈 관리하는 법 알려줄게."

리아는 어쩔 수 없이 돈을 다시 받았다. 느끼한 외모와는 다르게 인재는 예리한 데가 있었다. 내키지는 않았지만 인재의 말이 궁금하기도 해서, 리아는 묵묵히 그를 따라갔다.

"이모님, 두꺼비 한 병 먼저 주세요!"

밥을 먹겠다더니, 인재는 실내 포장마차에 리아를 끌고 가서 술부터 시켰다.

"넌 애기니까 먹지 마. 술 마실 줄도 모르겠네."

인재가 리아 앞의 소주잔에 술을 가득 부었다. 누가 봐도 속 보이는 말이었건만 리아는 인재의 계략인 줄도 모르고 넘어가버렸다.

"술 따위, 맨날 마시거든요?"

리아는 인재에게 얕보이기 싫어서 술잔을 벌컥 들이켰다. 혀가 썩어버릴 것 같은 맛이었지만 리아는 인상을 구기지 않기 위해 애썼다.

"갑자기 생긴 돈을 보관하려면 은행을 떠올리겠지만 좋은 생각이 아냐. 쓰레기 광산 놈들은 사고를 많이 치거든. 지 새끼 통장 전당포에 맡기고 도박하러 가는 것도 많이 봤단 말이지. 방법은 보관 서비스를 이용하는 거야. 요즘은 열쇠 없이 지문이랑 비밀번호로 열리니까 안전하고, 가족이 털어갈 염려도 없어. 내가 알려줄 테니까 내일 돈 가지고 와."

인재의 말이 웅얼대는 옹알이처럼 들렸다. 빈속에 마신 술이 금방 효과를 발휘했는지 리아는 꿈속에 와 있는 것처럼 시야도, 소리도 흐물대며 녹아내렸다. 인재는 리아 앞에서 쓸데없는 소리를 많이 했다. 서울권 대학교를 갈 수도 있었지만 집에서 가까운 학교를 일부러 택했다느니, 대학교 때 인기가 많아서 다른 과 여학생이 고백을 해왔다느니. 첫 애인과 첫 섹스를 한 장소가 우거진 숲속이었다는 말도 했다. 리아에겐 하나도 궁금하지 않은 내용들이었다.

"이제 네가 말할 차례야. 박리아. 넌 어떤 사람이야?"

"나? 나는 딴 세상 사람이야. 여기엔 잠깐 고생하러 내려온 거야. 세상이 시시해."

인재는 리아가 귀엽다는 말을 몇 번이나 하며 웃었다. 리아는 인재 앞에서 귀여운 척을 한 것 같아서 구역질이 났지만 스스로의 행동을 주체할 수가 없었다. 리아는 분명 이상하게 행동하고 있었다. 인재는 술을 많이 마시고도 운전대를 잡았고, 리아는 그 옆 조수석에 탔다. 인재는 인적이 드문 숲길로 차를 몰았다. 지저분한 운전 실력 덕분에 멀미가 절로 났다.

"차 좀 세워요. 나 토할 것 같아."

인재가 차를 세우자 리아는 총알처럼 튕겨 나가 흙

바닥 위에 토했다. 인재는 리아의 등을 두드리며 왠지 신난 사람처럼 말했다.

"그러게 왜 무리해서 마셨어? 오빠가 적당히 마시라는데."

"왜 맨날 자기를 오빠라고 말하는 건데? 그거 진짜 토할 것 같아! 토할 것 같다고!"

"뭐라고? 지금 나를 자기라고 부른 거야? 듣기 좋다, 리아야."

리아는 참지 못하고 몇 번이나 더 토했다. 먹은 것보다 많은 것을 토해버린 것 같았다. 리아의 얼굴은 눈물과 콧물로 뒤범벅이 되었다. 인재는 등을 두드리던 손을 슬쩍 옮겨 엎드려 있는 리아의 바지 앞 단추를 풀더니 지퍼도 내렸다. 인재의 손이 바지를 벗기려는 게 느껴지자 리아는 지금 어떤 일이 벌어지는지 눈치챌 수 있었다. 하지만 인재를 저지할 힘이 없었다.

"너 속 편해지라고 이러는 거야. 잠깐만."

리아는 그때 엄마를 떠올렸다. 천박하고 지저분한 말일수록 머릿속에 박혀서 빼내기 힘든 법이었다. 엄마가 절규하듯 내뱉던 모든 말이 그랬다. 엄마는 괜찮

은 놈을 물어야 네가 편해진다고 했었지. 리아는 위장
에 담긴 걸 여섯 번이나 게워내고도 속이 여전히 울렁
거렸다. 갑자기 세상 모든 일이 감당할 수 없이 힘들게
느껴졌다. 이 몸뚱이가 편해지기 위해서라면 뭐든 할
수 있을 것 같았다. 엄마가 세상을 살아온 심정이 이랬
을까. 리아는 포기하고 가만히 기다렸다. 뭔가 대단한
일이 일어날 거라 걱정하며 이를 꽉 깨물었지만 현실
은 그보단 시시했다. 인재의 손은 리아의 팬티를 잠시
만지작대다가 멈췄다. 어느 자선단체에서 기부받았는
지 생각도 나지 않는, 속옷의 기능을 하고 있는지도 알
수 없는 늘어진 헝겊이 리아의 엉덩이를 힘없이 감싸
고 있었다. 인재는 갑자기 체념했는지 아무것도 안 하
고 벌떡 일어났다.

"다 토했으면 돌아가자."

인재는 리아를 부축해 조수석에 태운 뒤, 쓰레기 광
산 앞에 내려줬다. 어떻게 찾아왔는지도 모르게 집으로
기어들어온 리아는 좁은 매트리스 위에 겨우 몸을 뉘
였다. 엄마와 리아 둘이 사는 컨테이너 안은 또 하나의
쓰레기 광산이었다. 엄마와 소장은 비워낸 소주병 안에

담배꽁초를 넣은 뒤 가래침을 뱉고, 그 위에 또 다른 담배꽁초와 가래로 탑을 쌓아 올려 믿을 수 없이 추악한 조형물을 만들어냈다. 쓰레기 광산 사람들의 인생을 표현한 것 같은 그 미니어처들이 컨테이너 안에 발 디딜 틈 없이 놓여 있었다. 리아가 한 달에 한 번 정도 큰맘 먹고 치우지 않는 한 이 상태는 지속되었다. 엄마와 리아의 보잘것없는 옷가지와 세간들은 수납장도 없이 한 구석에 쌓여 먼지와 함께 뒹굴고 있었다.

"너한테 술 냄새 나."

리아가 들어오는 소리에 잠이 깼는지 등을 돌린 채 누워 있던 엄마가 말을 꺼냈다. 리아는 퉁명스럽게 대답했다.

"술 마셨으니까."

"라면 끓여줄까?"

엄마 입에서 절대 나올 리 없는 말이었다. 리아는 그제야 엄마가 비몽사몽간에 잠꼬대를 하는 중이라는 것을 깨달았다. 컨테이너 출입구 옆에는 작은 싱크대와 조리대가 있긴 했지만, 이젠 있었는지조차 기억나지 않을 만큼 용도를 완전히 잃은 물건이었다. 리아의 어린 시절 기억에는 이 컨테이너 안에 어디선가 주워 온 아담한 가구들도 있었고, 엄마가 가스버너로 리아에게 음식을 해주기도 했다. 하지만 버너를 쓰다가 불이 나 가구와 옷가지가 다 타버린 사건이 있은 뒤로 엄마는 집안일에서 완전히 손을 놔버렸다. 그날 리아의 꿈에는 기억 한 토막에 새겨져 있던 젊은 날의 엄마가 나왔다. 장맛비가 몹시 쏟아져 폐기물 분리하는 일을 못 나가게 된 날, 엄마는 쓰레기 더미에서 주워 온 멜로디언을 어린 리아에게 선물로 줬다. 호스를 입에 문 리아가 아무리 불고 건반을 눌러도 소리가 나지 않던 그 멜로디언을 엄마는 신기할 정도로 능숙하게 연주해냈다. 엄마가 쳤던 멜로디는 〈똑같아요〉라는 동요였다. "무엇이 무엇이 똑같을까, 젓가락 두 짝이 똑같아요." 리아는 해맑게 웃으며 건반을 따라 눌렀다. 하지만 쿵쿵 두드리는 시시한 소리만 날 뿐이었다. 리아는 이런 꿈을 꾸다 정신이 돌아올 때면 심장이 식는 것처럼 불안함이 몰려왔다. 어린 시절 꿈을 꾸는 날에는 꼭 재수 없는 일이 일어났다.

"리아야! 박리아! 문 좀 열어봐!"

문밖에서 상돈의 목소리가 들렸다. 상돈은 컨테이너 문을 쿵쿵 두드리며 리아를 다급하게 찾고 있었다. 예외 없이 나쁜 일이 벌어진 것 같았다. 리아는 벌떡 일어나 문을 열었다. 상황은 정말로 심각했다. 상돈은 울고 있었다.

6

"왜 질질 짜고 있는 건데? 어디서 맞았냐?"

"맞았으면 차라리 낫지. 아 미치겠네, 진짜. 일단 와서 봐봐."

상돈은 어린애처럼 훌쩍이며 철제 계단을 내려갔다. 불길한 직감이 스쳤다. 일어날 수 있는 최악의 일이 기어코 일어난 게 분명했다. 리아는 상돈이 말해주지 않아도 그가 어디로 향하는지 알 수 있었다. 마이닝 머신이 들어 있는 창고의 문손잡이가 처참하게 뜯겨 있었다. 억지로 문을 열기 위해 누군가 도구를 사용해 부숴놓은 게 분명했다. 열려 있는 창고 문안에서는 다은이 아연실색한 표정으로 서 있었다.

"아침에 일어나서 와보니까 뜯겨 있었어. 어제 쿵쿵

대는 소리 못 들었어?"

리아는 휘청대며 관자놀이를 손으로 감쌌다. 거대한 집게가 머리통을 쥐어짜는 것 같은 통증이 엄습했다. 태어나서 처음 느껴보는 강렬한 숙취였다.

"돈은? 돈 없어진 거지?"

일말의 희망을 가지고 말했지만 물어보나 마나였다.

"전부 가져갔어. 봉투 세 개 다. 난 이대로 못 넘어가! 내가 소장한테 물어보고 올게! CCTV라도 있지 않겠어?"

리아가 흥분한 상돈을 제지했다.

"집어치워! 이 동네에 CCTV가 어딨냐? 그리고 우리 돈 남은 거 비밀이었잖아."

리아는 도둑질이 벌어진 현장을 둘러봤다. 전선과 하드디스크 위치가 조금씩 변해 있었는데, 창고를 뒤지느라 그런 것 같지는 않았다. 일부러 눈에 띄기 위한 목적인 것처럼 그 무질서가 어색하게 느껴졌다. 리아가 묵묵히 창고를 정리하자 상돈과 다은도 따라서 정리했다.

"어? 이게 뭐야? 우리 칩 남긴 거 있었나?"

한쪽으로 기울어져 있는 모니터를 바로잡으려던 상돈이 모니터 받침대 밑에서 뭔가를 꺼냈다. 도박장에서 쓰는 칩이었다. 테두리가 검은색인 그 칩에는 액면가가 적혀 있지 않았다.

"우린 이런 칩 쓴 적 없어. 아니, 동광 카지노에는 이런 칩이 없다구. 10만 원이 노란색, 만 원이 파란색, 5천 원이 분홍색, 천 원이 녹색이잖아. 검은 칩은 없어."

"근데 디자인은 동광 카지노 칩 맞는데."

리아는 이 엉뚱한 상황이 뜻하는 바가 무엇인지 곰곰이 생각했다. 우선 칩이 나온 장소부터가 어색했다. 모니터 받침대 밑은 실수로 흘린 물건이 들어갈 만한 곳이 아니었다. 즉, 침입자는 일부러 모니터를 들어 이 칩을 넣은 것이었다.

"동광 카지노가 범인이야."

리아의 말에 상돈이 눈을 휘둥그렇게 떴다.

"카지노에서 우리 돈을 도로 훔쳐 갔다고? 왜?"

"몰라. 가보면 알겠지."

리아가 주먹을 불끈 쥐고 검은색 칩을 움켜쥐었다.

세 친구는 다시 동광 카지노로 향했다. 지난번처럼 신나고 기대되는 방문이 아니었다. 공용 샤워장을 설치하고도 세 친구의 돈은 여전히 수천만 원이 남아 있었다. 그 돈을 되찾는 것은 목숨이라도 걸 만큼 절박한 일이었다. 도박장 입구를 지나 환전 부스에 가까워질수록 리아의 발걸음은 점점 빨라졌다. 콧김까지 씩씩 뿜어대며 리아는 흥분한 채 말했다.

"어떤 도둑놈이 이걸 흘리고 갔던데. 내 돈 다시 내놔요!"

당황한 얼굴로 칩을 들여다보던 직원이 무전기로 어딘가에 보고를 올렸다.

"환전 부스입니다. 마스터, 그분들이 왔습니다."

리아는 직원의 대응에 더 흥분해서 말했다.

"마스터? 지금 무슨 연극하나? 돈부터 내놓으란 말야!"

"일단 진정하시고, 이 도박장 책임자께서 직접 설명하실 겁니다."

발끈해서 더 따지려고 했던 리아는 등 뒤에서 수상한 인기척을 느끼고 몸을 돌렸다. 리아 일행 뒤에 정소열이 서 있었다. 기세 좋던 리아도 정소열을 마주치고는 잠시 할 말을 잃었다. 옷차림과 머리 스타일은 매우 단정했지만 얼굴과 눈빛에서는 생기를 찾아볼 수 없었다. 정소열은 TV에서나 본 저승사자 그 자체였다.

정소열은 고개를 숙이며 정중한 말투로 인사했다.

"동광 카지노 마스터 정소열입니다. 어제 새벽에 정평 쓰레기 매립지에서 도난 사건이 있었나 본데, 범인이 참회하면서 저희 카지노에 돈을 맡기고 갔습니다. 주인을 꼭 찾아달라고 말입니다. 그래서 그 돈의 주인분들을 기다리고 있었습니다."

"웃기는 소리 말아요! 아저씨가 시킨 거죠? 우리가 사기라도 쳐서 돈 따갔을까 봐?"

"당연히 돈은 그대로 돌려드릴 겁니다. 잠시 저와 대화를 해주신다면 더 큰 돈을 드릴 수도 있습니다. 의향이 있으시면 이쪽으로."

정소열은 빙긋 웃으며 몸을 돌렸다. 리아 일행은 어리둥절하게 서로를 쳐다보다 정소열의 뒤를 따라갔다. 그는 에스컬레이터를 타고 2층 도박장으로 향했다. 2층 오른쪽에는 카페테리아가 있었고, 왼쪽에는 블랙잭과

바카라 같은 카드 게임 테이블 수십 대가 놓여 있었다. 정소열은 카드 게임 테이블을 가로질러 구석의 '직원 전용'이라고 적힌 문을 열고 들어갔다. 바깥의 열기와는 상반된, 적막만이 감도는 긴 복도가 나왔다. 정소열이 복도 끝 방 문을 열었다.

리아 일행이 놀란 눈을 하고 실내를 둘러봤다. 휘황찬란한 장식으로 가득 찬 방은 언젠가 영화 속에서 본 호텔 스위트룸을 연상시켰다. 방 한가운데에는 도박용 테이블이 놓여 있어서, 한눈에 이곳이 VIP들을 위한 공간이라는 것을 알 수 있었다. 예견된 운명처럼 절대적이고 당연하게 정소열이 테이블 안쪽, 딜러의 자리에 앉았고 리아와 상돈, 다은은 맞은편 플레이어 자리에 앉았다.

"곧 공개할 베팅 무제한 테이블입니다. 여러분이 가져오신 그 검은 칩은 여기서 쓸 칩입니다. 단위는 천만 원. 그런 칩을 산더미처럼 쌓아놓고 플레이할 전용 공간입니다."

정소열이 테이블 아래의 버튼을 조작하자 평평하던 테이블의 한쪽 상판이 열리며 전자레인지 정도 크기의 기계가 솟아올랐다. 기계의 표면은 투명한 플라스틱으로 되어 있어 안이 훤히 들여다보였는데, 비닐 포장이 아직 뜯기지 않은 트럼프 카드 세트가 안쪽 공간에 놓여 있었다. 곧이어 정소열은 새 카드 뭉치의 포장을 뜯은 뒤 현금 계수기처럼 생긴 곳에 투입했다. 기계는 눈으로 따라잡을 수 없이 빠른 속도로 여러 번 카드를 섞더니, 잠시 뒤 기기 밖으로 카드 한 장을 툭 뱉어냈다. 정소열은 셔플 기기에서 나온 카드를 차례대로 자신 앞에 한 장, 리아 앞에 한 장 배열했다.

"이곳에서 하는 게임은 동광 카지노식으로 변형한 카지노 워 게임입니다. 어린아이도 이해할 정도로 단순하고, 플레이어의 천운을 시험해볼 수 있는 게임입니다. 딜러와 플레이어 어느 쪽 카드의 눈이 더 높은지 여러분은 보입니까?"

리아는 당황스러웠다. 이 남자가 뭘 하려는 건지 종잡을 수 없었다.

"아저씨, 그딴 게 보이면 내가 이러고 있겠어요? 벌써 이 카지노 싹 쓸어갔지. 난 카드 게임 해본 적도 없다고요."

"주사위 눈은 보였던 게 아닙니까?"

"내가 운이 좀 좋은 년이라서요. 그땐 인생 한 방이
다 하고 걸었던 거예요. 보이긴 뭐가 보여."

정소열은 딜러 테이블 서랍을 열어 검은색 칩을 꺼
냈다. 한 개당 천만 원이라는 검은 칩이 다섯 개나 들려
있었다. 정소열은 그 칩들을 리아 쪽으로 밀었다.

"선택지는 두 개입니다. 1번. 지금 환전소로 내려가
서 여러분이 어제 분실한 돈을 그대로 찾아간다. 2번.
여러분이 딴 돈보다 많은 이 칩을 받아, 여기서 카드 게
임을 한 판 더 한다."

"칩 다섯 개? 5천만 원을 그냥 주겠다고요?"

"못해도 한 2천만 원 이득인데?"

리아와 상돈이 결정을 못 내리고 우물쭈물하는 사이
다은이 먼저 입을 열었다.

"게임 설명 한 번 더 제대로 해주세요. 그래야 판단
을 하죠."

"방금 이 테이블에서 보신 게 전부입니다. 딜러는 새
카드 뭉치를 셔플기에 넣어서 무작위로 두 장의 카드
를 뽑습니다. 차례대로 딜러 하나, 플레이어 하나. 두

카드 중 높은 숫자가 나왔다고 생각하는 쪽에 거는 겁니다. 맞히면 여러분이 베팅한 금액의 두 배를 따가고, 틀리면 잃는 겁니다. 비기면 걸었던 금액 그대로 다시 가져갑니다. 이전 게임에 썼던 카드는 다시 셔플기에 넣어서 다음 게임을 진행합니다. 확률은 정확히 반반. 게임장에 유리한 요소는 하나도 없습니다. 너무 단순한 게임이라 부정행위의 여지도 없어서 이 테이블에서는 전자기기 사용도 모두 허용됩니다."

리아는 뒤집힌 카드를 뚫어져라 쳐다보고 있었다. 정소열이 왜 이런 제안을 하는지 조금은 알 것 같았다. 그에게는 사기를 가려내려는 적대적인 태도가 없었다. 리아 일행을 유인한 건 리아의 신통력이 어디까지일지 시험해보고 싶어서인 듯했다. 정소열이 제안한 게임은 단순해서 충분히 공략할 수 있어 보였다. 마이닝 머신이 트럼프 카드 셔플에 대한 법칙을 찾아내기만 한다면. 리아는 다섯 개의 검은 칩에 손을 가져갔다. 그리고 차례로 다은과 상돈을 봤다. 두 친구 모두 말없이 고개를 끄덕였다. 리아는 칩을 챙기며 정소열에게 말했다.

"할게요. 대신 시간이 좀 필요해요. 일주일 뒤에 여

기로 올게요."

"알겠습니다. 마지막으로 세 분의 성함을 여쭤봐도 되겠습니까?"

"박리아, 이다은, 김상돈."

"세 분과의 승부를 기다리겠습니다."

리아는 카지노를 나서기 전 한 번 더 환전 부스에 들러 확인했다.

"당신네 보스가 우리 돈 여기 있다던데 확인시켜줘요."

환전 부스 직원은 서랍에서 세 개의 봉투를 꺼내더니 봉투를 열어 속에 든 현금까지 확인해줬다. 리아의 창고에서 사라진 돈봉투가 확실해 보였다.

"그대로 보관하고 있습니다. 지금 찾아가시겠습니까?"

"다음 주까지 맡아둬요. 알았어요?"

"안전하게 보관하고 있겠습니다."

환전 부스 직원은 끝까지 친절하게 웃으며 응대했다. 적어도 이 거대한 카지노가 푼돈을 안 돌려주려고 사기를 치는 것 같지는 않았다.

카지노를 벗어나 쓰레기 광산으로 터덜터덜 걸어가는 동안 리아 일행은 아무 대화도 없었다. 쓰레기 광산까지는 장장 10킬로미터. 이 정도 거리를 걷는 것은 일상적인 일이었지만 오늘은 물속을 허우적대며 걷는 듯 몸이 무거웠다. 쓰레기 냄새가 솔솔 풍겨올 때쯤 현실감이 돌아온 상돈이 먼저 입을 열었다.

"이대로 괜찮을까? 따면 좋지만 만약 못 따면……."

갓길에서 차를 피해 일렬로 걸어가느라 셋은 서로의 표정을 볼 수 없었다. 리아는 앞서 걷는 상돈의 등짝을 봤다. 언제 빨았는지 알 수도 없는 티셔츠의 목 부분이 누렇게 변색된 채 늘어져 있었다.

"인당 천만 원으로는 팔자 못 고쳐. 허튼짓하다가 손안에서 금방 녹아버리거나 웬 거지새끼들한테 도둑이나 맞을걸? 우리가 사는 데는 그런 시궁창이니까. 근데 저 게임에서 딱 3연승만 해봐. 이게 몇 배가 되지? 억으로 불릴 수도 있잖아. 이 동네 떠날 수 있어. 우리 셋 다 개같은 가족 끊어내고 서울 가서 방 얻어 살 수도 있어."

다은과 상돈은 불안해했지만 리아는 오히려 흥이 났

다. 그 정소열이라는 남자가 건넨 제안이 신이 준 기회처럼 느껴졌다. 최대 베팅이 정해져 있는 다른 테이블 게임으로는 수십 연승을 해도 돈을 불리기 어려웠지만, 정소열이 제안한 카지노 워 게임은 단 몇 번의 승리로도 거액을 손에 쥘 수 있었다. 마이닝 머신이 일주일 안에 카드 게임에 대한 유력한 정보를 뽑아내기만 한다면 승산은 충분했다. 리아의 걸음은 점점 빨라져 어느새 제일 앞서 걷고 있었다.

7

정소열은 세상에 존재하는 그 어떤 징크스나 미신, 저주도 믿지 않았다. 오히려 그것이 틀렸다는 걸 증명하기 위해 일부러 미신을 시험하며 살아왔다. 시험 전에 미역국을 먹거나 빨간 펜으로 서명을 해도, 계약서에 도장을 거꾸로 찍어도 그에게는 늘 최선의 결과만이 주어졌다. 심지어 용하다는 점쟁이를 만나 스스로를 저주하는 부적도 써봤지만 아무런 피해도 입지 않았다. 그런 정소열에게 리아 일행과의 만남은 다소 실망스러웠다. 그들에게선 정소열을 놀라게 할 만큼의 특별함 따위는 느껴지지 않았다. 그 애들이 가진 거라고는 가난한 인격뿐이었다. 잃을 게 없으니 과감했고, 습관적으로 체념하며 살아왔기에 담백했다. 하지만 실망했다고 해서 승부에 나서지 않을 생각은 아니었다. 오히려 다른 미신을 마주했을 때처럼 그들을 철저히 짓밟아 한 점 미련도 남기지 않으리라고 다짐하게 되었다. 리아 일행이 돌아간 뒤에도 한동안 VIP룸에 남아 있던 정소열은 몇 번이고 셔플 기기에서 카드를 뽑았다. 이 방에서 플레이할 게임들과 그 게임을 도울 기계장치들 모두 정소열이 무척이나 신경 써서 직접 검수한 제품들이었다. 리아 일행에게 제안한 카지노 워 게임은 도박꾼들이 떠들어대는 실력이니, 배짱이니 하는 지저분한 변수들을 모두 제거하고 순수한 운의 요소만을 겨루기 위해 고안한 것이었다. 인간과 인간의 싸움이 아닌 신의 논리와 겨루기 위한 장치인 셈이었다.

마을로 돌아간 리아 일행이 제일 먼저 마주친 것은 쓰레기 광산 입구에서 어정쩡하게 서성대고 있던 열쇠 수리공이었다. 리아는 부른 적이 없었지만, 그는 이미 돈을 지급받았다며 뜯어진 컨테이너 창고 문손잡이를 새것으로 바꿔 달아주었다. 누가 말해주지 않아도 리아는 카지노 마스터가 지시한 일임을 짐작할 수 있었다.

병 주고 약 주면서 사람을 들었다 놨다 하는 게 취미인 아저씨 같았다. 정소열에게 당당하게 싸움을 선언하고 왔건만 마이닝 머신 앞에서 리아는 마음이 복잡해졌다. 지금껏 리아는 초보 사육사처럼 이런저런 먹이를 먹여가며 이 기계가 황금알을 낳는 순간을 기다리기만 했다. 머신 역시 내키는 대로 문장들을 뽑아내다 딱 한 번 주사위에 관한 법칙을 발견했을 뿐이다. 일주일이라는 시간 안에 카드 뽑기 도박에 필요한 데이터를 얻어내려면 그런 원시적인 방법으로는 역부족이 아닐까?

"얘가 카드 게임 법칙 같은 걸 말한 적은 없었잖아. 근데 우리가 어떻게 카드 게임에서 이기지?"

모두가 공감하고 있던 문제에 대해 상돈이 제일 먼저 지적했다.

"그딴 엉성한 태도로는 될 것도 안 돼. 감나무 밑에서 입 벌리고 기다릴 게 아니라 나무를 흔들어서 열매를 떨어뜨려야지."

리아는 기다렸다는 듯이 말했다. 상돈에게 한 수 가르쳐주는 누나처럼 말할 때마다 리아는 묘한 쾌감을 느꼈다. 하지만 구체적으로 뭘 어떻게 해야 할지는 리아도 알 수 없었다.

"그러니까 구체적으로 어떻게 해야 열매가 떨어진다는 거야?"

"이제부터 생각해봐야지, 바보야."

상돈과 리아가 투닥거리는 사이, 침묵으로 일관하던 다은이 그럴싸한 방법을 제시했다.

"대학교에 가보자. 마이닝 머신이 온 곳."

리아도 그제야 좋은 생각이라는 듯 맞장구를 쳤다. 마이닝 머신 본체에는 아직도 이 비품의 소속을 표시해주는 누런 스티커가 붙어 있었다. '동광대학교 산업공학과 데이터과학 연구실'이라는 곳이었다.

"동광대학교 말이지? 그래, 거기서 운 좋으면 작동 원리에 관한 문서라도 건질 수 있겠네."

"거긴 문 닫은 학교라 아무것도 없을 텐데."

상돈이 작은 소리로 투덜댔지만 이미 걷기 시작한 리아를 말릴 순 없었다. 쓰레기 광산 아이들의 시간관념은 바깥세상 사람들과 달랐다. 하루 종일 쓰레기를 분류해서 벌어들일 수 있는 돈이라고 해봤자 평범한 일용직 일당의 절반도 되지 않았으므로 이곳 주민들이 생각하는 시간의 가치도 딱 그 정도였다. 하루 일을 공친다 해도 딱히 아쉬울 게 없었다. 가능성은 낮아도 훨씬 큰 수익이 들어오는 도박 같은 일에 인생을 걸어보는 것이 더 합당한 선택이었다. 지금 리아 일행은 누구보다 그 논리에 충실히 따르고 있었고, 그래서 동광대학교까지 걸어가는 여정은 지루하지 않았다. 오히려 신이 났다.

두 시간 반을 걸어서 몇 번을 돌고 돌아 찾아낸 동광대학교의 정문은 놀이공원에 있는 유령의 집 입구 같았다. 녹슨 채 기울어 있는 안내 표지판과, 관리가 안되어 정글처럼 자라 있는 정원수들이 폐교라는 두 글자의 의미를 적나라하게 보여주고 있었다.

"우리 흉가 체험하러 온 거야?"

상돈은 벌써 질린 표정이었다. 행인이 한 명도 안 보이는 캠퍼스는 다른 차원에 떨어진 것 같은 기묘한 느낌을 줬다. 아직 해가 떠 있는 시간인데도 어두컴컴한 건물 내부는 공포영화의 세트장이라 해도 믿을 것 같았다. 리아는 벽면에 부착된 긴급 대피용 손전등을 꺼내 비추며 건물 안에서 길을 찾았다. 그나마 다행인 것은 동광대학교가 대학치고는 아주 작은 규모라는 점이었다. 중앙도서관과 학교 본부를 제외하고 건물은 딱 네 동뿐이었다. 몇 번 계단을 오르내린 끝에 리아 일행은 '데이터과학 연구실' 앞에 도착할 수 있었다. 문은 잠겨 있지 않았다. 스위치를 눌러도 전등은 들어오지 않았다. 연구실은 컨테이너 두 개를 붙인 것만 한 아담한 사이즈였고, 쓸 만한 물건이 거의 남아 있지 않았다. 연구실이라면 응당 있어야 할 것 같은 실험 도구나 방독면 따위는커녕, 변변한 책상도 없었다. 남아 있는 것이라고는 책이 다 빠져 있는 썰렁한 책장 하나와, 바닥에 널려 있는 모니터 두 개, 서랍장 네 개가 전부였다. 리아 일행은 서랍장을 하나씩 맡아 뒤졌다. 리아가 처음 서랍을 열자마자 마주한 것은 엄청난 악취였다. 쓰레기 광산에서 평생을 살아온 리아조차 본능적으로 코를 막을 수밖에 없는 냄새였다. 서랍 안에는 커다란 비닐 팩이 있었는데, 거기에 잔뜩 담겨 있는 것은 사람의 것으로 보이는 똥이었다. 고약한 냄새에 상돈과 다은도 리아 쪽을 쳐다봤다.

"어떤 미친 새끼가 여기다 똥을 넣어놨어! 이게 연구

원씩이나 되는 놈이 할 짓이야?"

리아는 재빨리 서랍을 닫아버렸다. 손에 뭔가가 묻은 것 같아 미간과 입꼬리가 절로 찌그러졌다. 세 사람 중 쓸 만해 보이는 물건을 찾아낸 것은 상돈뿐이었다.

"서류다! 근데 기계 설명서는 아니네. 학생상담센터 피해 신고서. 장호연? 호현? 교수를 고발합니다."

손전등을 들고 있던 상돈이 서류를 읽기 시작했다.

"장 교수는 심부름을 빨리 못했다는 이유로 폭행 폭언을 일삼고, 특히 슬리퍼로 따귀를 때리는 일은 하루에도 수십 번씩 벌어졌습니다. 소변을 페트병에 모아서 먹으라고 강요한 적도 다섯 번이나 있습니다. 더 심한 일도 많았습니다."

"이런 씨발. 여기가 대학교야 수용소야?"

리아가 믿기지 않는다는 표정을 지으며 상돈의 손에서 서류를 빼앗아 갔다. 그 순간 서류 사이에서 뭔가가 바닥에 툭 소리를 내며 떨어졌다. 리아는 재빨리 그것을 주워 들었다. 명함이었다. 연구조교 배경은이라고 적혀 있었다.

"배경은? 잠깐만, 나 이 이름 익숙한데. 그래 맞다!"

리아의 머릿속에 섬광처럼 번쩍하며 스치는 장면이 있었다. 마이닝 머신에 붙어 있던 스티커였다. '동광대학교 산업공학과 데이터과학 연구실'이라고 적힌 그 스티커 하단에는 '관리책임자 배경은'이라는 이름이 적혀 있었다. 과자 포장에 적혀 있는 생산관리자 이름처럼, 평소라면 기억도 못 하고 그냥 넘겼지만 그 이름은 묘하게 특이한 데가 있어서 잊어버릴 수가 없었다. 사람의 이름이라기보다는 어떤 문장을 시작하는 주어 같아서 뒤에 다른 말들이 따라와야 할 것만 같았다.

"마이닝 머신에 적혀 있었어. 이 사람이 관리책임자라고."

"그럼 빨리 나가서 그 명함에 있는 번호로 전화해보자. 똥 냄새 때문에 헛것이 보이겠어."

다은이 코를 막으며 연구실 밖으로 나갔다. 데이터과학 연구실에서 리아 일행이 찾아낸 것은 똥자루 하나와 접수조차 되지 않은 피해 신고서 하나, 그리고 배경은의 명함이 전부였다. 어느새 해가 넘어가고 있었다. 어둠이 짙어졌지만 냄새 때문에 귀신 생각은 나지도 않았다.

쓰레기 광산에 돌아온 리아 일행은 소장의 컨테이너에 들러 휴대전화기를 구했다. 신용불량자라 계좌를 못 쓰는 이곳 주민들을 위해 소장은 미리 한 달 치 요금을 현찰로 결제한 선불 핸드폰을 팔았다. 주민 복지를 위한 것은 물론 아니었고, 제 돈벌이를 위한 것이었다. 리아는 선불로 돈을 내고 10년은 사용한 듯한 낡은 스마트폰을 얻었다.

리아와 상돈, 다은은 컨테이너 창고 앞에 나란히 앉아 관리책임자였던 배경은에게 전화를 걸었다. 연구실에서 우연히 본 피해 신고서 때문에 그가 어떤 더럽고 불쾌한 일에 엮였다는 걸 알았지만 리아 일행이 신경 쓸 일은 아니었다. 한시라도 빨리 이 머신의 작동 방식을 알아내야 했고, 물어볼 만한 사람은 그가 유일했다. 잠시 후 수화기 너머로 들린 목소리는 예상외로 아주 젊었다.

"저, 저는 박리아인데요. 동광대학교 데이터과학 연구실 관리책임자 배경은 씨 맞으세요?"

"지금 그 일 그만뒀는데 왜 그러시죠?"

배경은은 신경질적인 목소리로 대답했다.

"동광대학교 옆에 쓰레기 광산 아시죠? 전 거기 주

민이에요. 그 마이닝 머신인가 뭔가 하는 프로그램이 들어 있는 기계를 주워서 쓰고 있다고요. 근데 작동법을 몰라서 물어보려고 전화했어요."

"뭐요? 그걸 주워 쓰고 있다고요? 어디다 쓰고 있는데요?"

"말하자면 제 행운을 시험해보는 데 쓰고 있는데요."

"무슨 행운을 어떻게 시험해요?"

"그러니까 그날그날 운세를 뽑듯이 여기서 데이터를 뽑아서 그게 맞나 틀리나 시험도 해보고요."

"무슨 말인지 하나도 모르겠으니까 알아듣게 얘기해요."

"에이 씨! 도박하려고 그래요! 이걸로 카지노에서 돈 벌어서 이 거지 같은 동네 뜨려고! 근데 이 망할 기계가 쓸 만한 데이터를 안 뽑아내잖아요!"

도박이라는 말은 어떻게든 피하려고 했지만 배경은은 집요하게 용도를 캐물었고, 결국 리아는 못 참고 폭발해버렸다. 딱 부러지는 걸 좋아하는 리아는 어정쩡하고 애매한 상황에 오랫동안 놓여 있으면 고장이 나버리곤 했다. 스피커폰으로 함께 듣고 있던 상돈과 다은은 고개를 저었다. 그 누구라도 도와줄 맘이 싹 사라지게 만드는 대답이었다. 하지만 배경은의 반응도 당황스럽긴 마찬가지였다.

"만나서 얘기할래요? 전화로 하는 건 한계가 있어서."

그는 자신이 사는 동네의 주소를 불러주며 그곳의 한 편의점에서 보자고 말했다. 학교는 폐교됐어도 생활 반경은 변하지 않은 건지, 동광대학교에서 멀지 않은 곳이었다.

다음 날 리아 일행은 배경은을 만나러 갔다. 편의점 앞에 도착했다는 것을 알리려 전화를 걸자마자 편의점 유니폼 입은 젊은 남자가 가게 문을 열고 나왔다. 역시 예상치 못한 등장이었다. 그는 앳되어 보이는 얼굴에 안 어울리게, 최소 10년은 복역한 장기수인 양 어두운 표정을 짓고 있었다.

"손님들 오면 곤란하지 않아요? 들어가서 얘기할까요?"

"내가 사장이니까 괜찮아요."

배경은은 잡히는 대로 과자와 음료수를 들고나와서

편의점 앞 테이블에 펼쳐놨다. 사장이라고는 했지만 딱히 장사할 생각도 없어 보였다. 물론 손님도 별로 없었다. 평일 대낮에 네 사람이 마주 앉은 그 자체로 어색했다. 리아는 빨리 본론을 꺼냈다.

"그 기계가 멋대로 문장을 만들어내거든요. 세상의 숨겨진 법칙 같은 거요. 거의 쓸데없는 거고 가끔 쓸 만한 게 나오는데, 지난번에는 주사위 법칙을 찾아내서 저희가 그걸로 카지노에서 베팅해서 돈을 땄어요. 이번엔 카드 법칙을 알아내고 싶은데 어떻게 해야 돼요?"

"소스 데이터를 뭘 넣은 거예요? 뭐라도 자료가 있으니까 결과가 나오는 걸 텐데."

"고물로 들어오는 잡쓰레기 하드들을 다 그 기계에 연결시켰는데요."

"그러니까 제멋대로 나오지. 그 머신은 데이터를 시계열로 정리한 다음에 연속성을 찾아내는 거예요. 아무거나 집어넣으면 당연히 미쳐서 헛소리를 하지."

"그러니까 카드 게임은 어떻게 예측하게 하냐고요! 그것만 대답해줘요."

"인풋 데이터 범위 제한하는 법은 아시나? 아니다,

당연히 모르겠지."

배경은은 말하기를 단념하고 유니폼 조끼 앞주머니에서 수첩을 꺼내 메모를 하기 시작했다. 리아가 옆에서 보니 그는 네모 칸을 여러 개 그려놓고 그림 위에 설명을 적는 중이었다. 그사이 배고픔을 못 견딘 상돈과 다은은 배경은이 가지고 나온 과자 봉지를 뜯었다. 리아도 손에 부스러기를 묻혀가며 정신없이 먹기 시작했다. 잠시 후 배경은이 리아 일행 앞에 수첩을 몇 장 뜯어 보여줬다.

"이 네모가 모니터 화면이니까 내가 그려놓은 순서대로 해요. 여기 날짜 설정에는 그 주사위 법칙이 도출되기 전날의 날짜를 적어요. 이전 결괏값을 싹 지우는 거예요."

"그렇게만 하면 돼요?"

"마이닝 머신을 그렇게 막 돌렸으면 지금 자기가 뭘 뽑아내는지도 모를 거예요. 보상 범위를 좁혀줘야지. 원하는 법칙이 나온 날부터 러닝을 다시 시작해봐요. 그래도 도박에 써먹을 게 또 나올 확률이 높진 않겠지만."

"그렇게 해볼게요."

배경은이 말한 방법이 썩 명쾌해 보이진 않았지만 리아는 일단 그 종이쪽지를 챙겼다. 일어나야 할 타이밍이었지만 상돈과 다은이 여전히 과자를 먹고 있어 어색하게 쩝쩝대는 소리만 맴돌았다. 리아도 배가 고파 손을 멈출 수 없었다. 과자 세 봉지를 비우는 동안 배경은은 아무 말도 없이 먼 하늘만 응시했다. 손가락에 묻은 소금기까지 쪽쪽 빨아 먹은 리아는 왠지 멋쩍어서 말을 꺼냈다.

"돈 따게 되면 조금 보낼 테니 계좌번호 같은 거 적어줘요. 우릴 도와줬으니까 돈 따면 개평을 하는 게 예의죠."

배경은은 리아를 위아래로 훑어본 뒤 무심한 말투로 대답했다.

"그쪽 도와주려고 만난 건 아니고. 그 머신이 세상에 조금이라도 해를 끼쳤으면 좋겠어서 알려준 거예요."

"왜요? 주사위 맞히는 거 보면 완전 신통하던데."

"그게 무슨 신의 발명품이라도 되는 것같이 보이나? 지옥 밑바닥에서 구더기들이 만든 기계예요. 그걸로 세상 다 망해서 전쟁이나 났으면 소원이 없겠네."

"세상까진 못 망하게 해도 카지노 정도는 망하게 많이 벌어볼게요."

리아는 초면에 극단적인 얘기를 해대는 배경은이 이상한 사람이라고 생각했다. 하지만 배경은이 하는 말은 낯설지가 않았다. '전쟁이나 났으면 좋겠다'는 쓰레기 광산 어른들도 입에 달고 사는 말이었다. 완전히 체념한 사람처럼 말할 때는 언제고, 배경은은 자기 계좌를 적어주는 걸 잊지 않았다. 예금주명과 은행 이름까지 한 글자 한 글자 또박또박 눌러 적어서 종이 뒷면에 자국이 날 정도였다.

8

배경은이 알려준 대로 데이터를 정리하는 과정은 어렵지 않았다. 프로그래밍 언어를 배운 적 없는 까막눈이어서 시작을 못 했을 뿐이지, 기계장치에 밝은 리아는 한번 배우면 손쉽게 따라 하고 응용까지 해내곤 했다. 그의 처방이 효과가 있었던 건지 기껏해야 하루에 한 문장 정도 생산하던 마이닝 머신은 그날부터 서너 시간마다 하나씩 결과물을 만들었다. 카지노에 관련된 법칙이 나오는 빈도도 눈에 띄게 늘었다. 마이닝 머신이 동광 카지노에서 흘러들어온 하드디스크로부터 중점적으로 데이터를 추출해냈기 때문이다. 리아는 배경은이 알려준 방법대로 카드 게임과 관련된 결과들만 남기고 다른 데이터들을 지워나갔다. 보상을 스스로 학습하는 마이닝 머신은 리아의 의도를 알아들은 듯 카지노 게임 법칙들을 뽑아내는 기계로 변해갔다. 리아는 생업인 쓰레기 분류 일도 하는 둥 마는 둥 하며 머신이 내놓은 값들을 전부 수집했다. 일주일간 데이터에서 뽑아낸 유용한 법칙은 다음 세 개였다.

— 동광 시영아파트 북문 앞 횡단보도 신호등이 초록불일 때 나온 카드는 7, 8, 10뿐.
— 동광시 인남동 K마트 뒤쪽 직원용 자동문이 열려 있을 때 나온 카드는 10 이상.
— FM 교통방송 라디오에서 여자 가수의 노래가 나오는 순간에 뽑힌 카드에는 Q, K가 없다.

나머지 정보들은 카드 게임이 아닌 다른 도박에 대한 정보거나, 카드 게임에 관련된 것이어도 문양에 대한 정보들이라, 곧 치를 카지노 워 게임에 써먹을 수 없었다. 결전의 날이 되자 리아 일행은 난처해졌다. 겨우 이것들을 가지고 승부에 나서야 하는지 결정을 내리기가 곤란했다. 다은은 반대 의사를 밝혔다.

"정보가 너무 적어. 주사위 때랑은 달라."

"아냐. 예를 들어서 아파트 횡단보도 신호등이 초록불일 때 첫 카드가 뽑히고, K마트 뒷문이 열려 있을 때 두 번째 카드가 뽑혔어. 이럴 때 두 번째 카드에 베팅하면 절대로 지지 않아."

리아는 당장이라도 동광 카지노에 달려가고 싶은 눈치였지만 다은은 여전히 부정적이었다.

"보통때는 신호등도 빨간불이고 뒷문도 닫혀 있을 텐데 그땐 어디에 베팅할 거야? 저번처럼 무한정 기다리지도 못할 텐데."

"무한정 기다릴게. 확실하게 이길 패가 나올 때만 제대로 베팅하고 나머진 최소 베팅만 할게."

리아는 이 게임에서 반드시 이긴다는 확신은 없어도 최소한 지지는 않을 거라는 직감이 들었다. 리아가 손해는 보지 않을 거라고 자신 있게 말하자 다은도 겨우 납득했다.

정소열과의 정면 승부에 나서기로 결정한 리아 일행은 본격적으로 싸울 준비를 시작했다. 상돈과 다은은 선불 핸드폰을 하나씩 더 구해 각각 동광 시영아파트와 K마트로 갈라졌다. 횡단보도의 신호와 마트 뒷문의 상태를 리아에게 실시간으로 알려주기 위해서였다. 리아는 쓰레기 분류 작업을 하다가 꿍쳐놓은 무선이어폰 한쪽을 귀에 꽂고 결전의 장소, 동광 카지노로 향했다. 따로 정한 적은 없지만 승부에 나설 때면 리아가 전면에 나서는 것이 세 친구 사이의 암묵적인 룰이었다. 리아가 특별히 머리가 좋아서도, 싸움을 잘해서도 아니었다. 배짱 때문이었다. 타고난 배포 때문에 리아는 늘 승부에 강했고, 상돈과 다은도 그 부분에서만큼은 리아를 신뢰하고 있었다.

카지노 입구에선 들릴 듯 말 듯한 은은한 클래식 음악이 흘러나오고 있었지만 리아에겐 들리지 않았다. 이어폰으로 들리는 교통방송에 온 신경을 집중하고 있었기 때문이다. 여의나들목에서 추돌사고가 났다는 실시간 교통 안내가 끝나고 영화음악 프로그램이 시작되는 참이었다. 노래를 틀어주는 빈도가 낮은 교통방송에서는 그나마 승부에 활용할 자료가 많이 나올 만한 프로그램이었다. 상돈과 다은은 리아가 만든 개인방송 채널에 입장해 채팅창에 "빨간불", "닫힘"이라는 문자를 전

송했다. 두 친구도 각자 위치에 도착해 도박의 키가 되는 신호등과 직원용 출입문의 상태를 공유하기 시작한 것이다. 이어폰으로 들리는 라디오의 노래와 채팅창이 이번 도박에서 리아의 필승 무기였다.

리아는 일부러 심호흡을 크게 하고 당당한 발걸음으로 도박장 입구에 들어섰다. 리아를 발견한 환전소 직원은 곧바로 카지노 마스터에게 연락을 했고, 정소열이 홀에 내려와 리아를 반겼다.

"오늘은 혼자 오셨습니까?"

"혼자지만 모두 함께예요."

리아는 만화 주인공 같은 대사를 내뱉은 것 같아 말해놓고도 왠지 닭살이 돋았지만 정소열은 조금도 표정 변화가 없었다. 그는 준비한 다섯 개의 검은 칩을 리아에게 건넸다.

"오늘 게임을 치를 칩입니다. 약속대로 개당 천만 원짜리 다섯 개입니다."

"이걸로는 재수 없으면 다섯 판 만에 끝나잖아요. 칩이 더 필요해요."

리아는 환전소에 천만 원짜리 칩 하나를 내고 만 원

짜리 칩 천 개를 요구했다. 환전소 직원은 작은 쇼핑백에 칩을 가득 담아서 건넸고, 리아는 쇼핑백을 들고 정소열을 따라갔다.

도박꾼들의 열기가 후끈한 2층 플로어를 지나 리아와 정소열은 VIP룸에 도착했다. 리아는 게임 테이블 앞에 마련된 푹신한 의자에 앉았고, 정소열은 그 맞은편 딜러 위치에 섰다. 비쩍 마른 체구에 굳은 표정을 한 정소열이 그 자리에 서 있는 것만으로도 위압감이 들기에 충분했다. 허튼수작은 한 치도 통하지 않을 것이 분명했다.

"친구들이 이 게임을 같이 볼 거예요. 여기선 전자기기 써도 된다고 했으니까 핸드폰으로 찍어도 되죠?"

"저희는 상관없습니다."

리아는 정소열에게 양해를 구한 뒤 핸드폰을 꺼내 테이블을 비췄다.

K마트 주차장에서 뒷문을 관찰하던 상돈도 핸드폰으로 VIP룸 내부를 확인할 수 있었다. 화면에 초록색 게임 테이블과 카드 셔플기가 보이자 상돈도 긴장되기 시작했다. 상돈의 임무는 이곳에서 직원용 출입문이 열

려 있는지 닫혀 있는지를 리아에게 알려주는 것이었다. 마이닝 머신이 뽑아내는 법칙들은 상식으로 이해할 수 없는 것들이었고, 이번에도 마찬가지였다. 마트 뒷문과 셔플기에서 뽑혀 나오는 카드가 대체 무슨 상관이라고? 하지만 세상에는 그런 종류의 설명 못 할 인과가 있다는 것을 상돈도 경험을 통해 알고 있었다. 매일 술을 입에 달고 살던 엄마가 평소에 잘 안 먹던 파란색 병의 소주를 사 온 날에는 어째서인지 나쁜 일만 생겼다. 선생님에게 이유도 없이 혼나고, 도둑으로 몰리고, 일진들에게 끌려가 맞거나 바지가 벗겨져 망신을 당하는 것 같은 일들. 고등교육까지 받은 상돈은 그런 일은 그저 우연일 뿐이라며 더는 믿지 않게 되었다. 단지 재수 없는 자기암시일 뿐이라고 생각하게 된 것이다. 하지만 마이닝 머신은 그 우연들이 미신이 아닌 법칙이라고 말해주고 있었다. 아직까진 그 법칙이 틀린 적이 없었으므로 상돈은 초긴장 상태로 마트 뒷문을 살필 수밖에 없었다. 직원용 출입문은 지문 인식으로 열리는 자동문이어서 상돈이 인위적으로 여닫을 수는 없었다. 단지 관찰하는 것만 허용됐고, 그마저도 마트 주차장 관리인이 상돈을 미심쩍은 눈으로 보는 바람에 담장 너머의 골목길에 숨어 멀찍이 지켜볼 수밖에 없었다. 작은 화면으로 상황을 지켜보던 상돈은 리아와 정소열이 하는 대화를 제대로 들을 수 없었다. 방심하고 있던 사이 게임이 시작되었다. 리아가 비춘 화면 속 셔플기가 어느새 카드를 섞고 있었다. 상돈은 저도 모르게 주먹에 힘이 불끈 들어갔다. 그때 마트 뒷문이 열리며 직원 두 명이 담배를 피우러 나오는 모습이 보였다. 상돈은 거의 숨도 쉬지 못하고 재빨리 채팅창에 "열림"이라는 메시지를 입력했다. 그리고 미리 "닫힘"이라는 글자를 입력해놓은 뒤, 자동문이 닫히는 순간을 보고 있었다. 단 0.1초라도 어긋난다면 수천만 원을 날릴 수도 있었다.

리아는 눈도 깜빡이지 않고 셔플기와 핸드폰 채팅창을 번갈아 보고 있었다. 드디어 기계에서 첫 카드가 뽑혀 나왔다. 정소열은 그 카드를 딜러 측에 놓았고, 그 사이 채팅창에는 "닫힘"이라는 메시지가 올라왔다. 두 번째 카드가 뽑힌 것은 그 직후였다. 두 번째로 뽑힌 카드는 리아의 앞, 플레이어의 자리에 놓였다. 운명의 카드 두 장이 뒤집힌 채 리아와 정소열 앞에 놓였다. 이제 베팅의 시간이었다. 리아는 정보들을 종합했다. 카드가 뽑혀 나오는 사이 신호등은 줄곧 빨간불이었고, 교통방송에서는 남자 BJ의 영화 소개 멘트가 흘러나오고 있었다. 효력이 있는 정보는 첫 카드가 뽑힐 때 마트 뒷문이 열려 있다가, 두 번째 카드가 뽑힐 때는 닫혔다는 것이다. 마이닝 머신이 뽑아낸 법칙이 틀림없다면 첫 카드의 숫자는 10 이상일 게 분명했다. 리아는 지끈대는 머리를 간신히 굴려 고등학교 수학 시간에 배우다 만 확률에 대해 생각했다. 총 열세 종류의 카드에서 10, J, Q, K 중 하나가 뽑혔다면? 가장 낮은 수인 10이 뽑혔을 경우를 가정해도 승리 확률은 13분의 9였다. 둘 중 하나를 찍어서 반반 확률을 겨루는 이 게임에서 충분히 승부를 걸 만큼 높은 확률임에는 틀림없었다.

"박리아 씨. 베팅을 결정할 때입니다."

리아는 쇼핑백에 든 만 원짜리 칩들을 만지작대다가 충동적으로 결단을 내렸다. 주머니에 넣어두었던 검은 칩 네 개를 꺼내 쇼핑백과 함께 딜러 쪽으로 밀었다.

"딜러 측. 올인이요."

리아와 상돈과 다은의 전 재산인 5천만 원이었다. 한 사람이 쓰레기 광산에서 태어나서 다 늙어 뼈가 휘어 질 때까지 쓰레기를 팔아 저축을 해도 못 모을 그 돈을 지금 리아는 이 한 번의 게임에 걸었다. 비정상적 판단 이었지만 비정상적일수록 도박은 달아오르는 법이었 다. 이기면 재산은 1억으로 불어나고, 지면 곧바로 빈 털터리였다. 줄곧 직선 형태를 유지하고 있던 정소열의 얇은 입술 끝이 비로소 살짝 구부러지더니 위로 올라 가는 것이 보였다. 이 도박이 정소열의 기대처럼 비범 한 게임이 되리라는 예고 같았다.

"베팅 종료입니다."

정소열이 먼저 딜러 카드를 뒤집었다. 리아는 이 순 간이 영원처럼 느껴질 것만 같았다. 하지만 영화나 드 라마와는 달리 그 순간은 무심하기 짝이 없게 지나갔 다. 머릿속이 텅 빈 것처럼 아무 생각도 들지 않았고, 눈동자가 보내오는 시각 정보를 뒤늦게 따라갈 뿐이었 다. 딜러 카드가 'K'였음을 리아가 깨달았을 때, 정소열 은 플레이어 카드를 뒤집었다. 플레이어 카드는 가장 낮은 'A'였다. 정소열은 기계적인 동작으로 리아가 베팅한 칩들 위에 검은 칩 다섯 개를 얹어 다시 리아에게 건넸다. "뭐야? 뭐야? 안 보여!"라는 상돈의 메시지가 채팅창에 올라갈 때 리아는 뒤늦게 카메라 화면으로 테이블에 놓인 카드들을, 그리고 리아의 수중에 떨어진 1억 원 상당의 칩을 보여줬다.

"봤냐! 우리 돈 바로 1억 됐다고!"

리아가 고함을 쳤다. 지금 이 화면을 보고 있을 상돈과 다은도 각자의 자리에서 기쁨의 몸부림을 치고 있을 것이 분명했다. 하지만 리아는 정소열과 단둘이 있는 공간에서 혼자 감정 표출을 해버린 것 같아 뒤늦게 머쓱해졌다.

정소열은 카드를 다시 셔플기에 넣기 전에 잠시 리아를 쳐다봤다. 건조하고 퍼석퍼석했던 그의 심장에 축복의 기름이 한 방울 떨어지는 것만 같았다. 확실히 리아는 엉터리 이론을 숭배하고 기분에 따라 행동하는 보통의 도박꾼들하고는 달랐다. 원리는 알 수 없어도 그녀가 의지하는 것은 어떤 선명한 진리였다. 정소열은 그 진리가 신의 것이라고 생각하지는 않았다. 도박장에 나타난 이상, 그것은 악마의 이론임이 분명했다. 하지

만 악마를 만나는 일은 신을 만나는 일만큼이나 흥분
되는 것이었다. 악마의 존재 증명이 분명해질수록, 역
설적으로 신의 존재 또한 분명해졌다. 첫 베팅에서 올
인이 나오고, 그 카드가 A와 K라는 것도 미학적으로 완
벽해 보였다. 이 도박이 한낱 유희로 끝날지라도, 정소
열은 리아와 만나 기묘한 승부를 벌이고 있는 이 순간
희열을 느꼈다.

　화면 속에서 두 번째 셔플이 시작되고 있었다. 시영
아파트 횡단보도를 관찰하고 있던 다은은 상돈보다는
편한 상황이었다. 마침 횡단보도 가까운 곳에 인적 드
문 버스정류장이 있어, 편하게 앉아 상황을 관찰할 수
있었다. 첫 번째 올인 게임에서 승리를 확인했을 때, 다
은은 자기도 모르게 "으악!" 하고 소리 질러버렸다. 그
뒤는 행동에 반응한 것일까, 처음 보는 남자가 다은의
옆을 서성대기 시작했다는 게 유일하게 거슬리는 일이
었다. 속 보이는 녀석이었다. 놈이 바지 지퍼를 내리고
작은 살덩이를 꺼낸 채 봐달라는 듯이 흔들고 있었지
만 다은은 일부러 허리를 꼿꼿이 편 채 핸드폰 화면과
횡단보도 신호등에만 신경을 기울였다. 횡단보도가 보

행신호로 바뀌어 한 할머니가 정류장을 향해 건너오자, 서성대던 남자는 재빨리 살덩이를 집어넣고 기함하며 사라졌다. 다은은 채팅창에 "초록불"이라고 입력했다. 그 누가 와서 보더라도 다은이 1억의 판돈이 걸린 도박에 참여하는 중이라는 걸 눈치챌 수 없을 것이다.

서플기에서 두 장의 카드가 뽑혀 나왔다. 리아는 다시 머릿속으로 상황을 정리했다. 딜러와 플레이어 카드 모두 시영아파트 앞 신호등이 초록불일 때 뽑혔고, 라디오에서는 여자 가수가 부른 영화 OST가 나오고 있었다. 종합하자면 두 카드 모두 Q, K는 없고 7, 8, 10 중 하나라는 얘기였다. 승부에 유효한 정보가 아니었다. 둘 중 뭐가 이길지 알 수 없었으므로, 리아는 만 원짜리 칩 하나를 꺼내 플레이어 측에 걸었다. 정소열이 카드를 뒤집었다. 딜러에 7, 플레이어에 10 카드가 나와 플레이어의 승이었다. 리아는 2연승으로, 만 원짜리 칩 하나를 추가로 얻는 데 성공했다.

정소열은 딜러가 게임 중 사적인 말을 해선 안 된다고 생각했다. 하지만 이번만큼은 참을 수 없었다. 이 게임에서만큼 자신의 솔직한 감정을 따르기로 한 정소열은 칩을 건네며 질문했다.

"이번 판은 승부점이 아니었나 봅니다. 어떤 이론을
가지고 오셨는지 점점 궁금해집니다."

"아저씨한테 말해줄 의무는 없어요!"

리아는 비장의 무기를 들킬까 봐 걱정했는지 발끈하
듯 반응했다. 카지노 워 게임 두 판을 치르고 나서 리아
는 비로소 현실감이 돌아오는 것을 느꼈다. 이 테이블
에 앉은 지 겨우 10분이 지났을 뿐이었지만 리아의 평
생 벌어진 어떤 일들보다 극적인 사건이 벌어지고 있
었다. 횡재를 맞은 날에나 겨우 버거리아 햄버거를 맛
볼 수 있었던 리아 일행이 자산 1억을 돌파한 것이다.
머릿수대로 나눠도 한 명당 3천만 원이 넘는 액수였다.
첫판에서 소심하게 탐색하지 않고 배짱 있게 베팅을
한 자신이 스스로 생각하기에도 대견했다. 눈앞의 5천
만 원을 다 걸 용기를 낸 건 본능적인 직감이 발동했기
때문이다. 그 직감은 반드시 이길 것이라는 직감이 아
니라, 승부를 낼 만한 순간이 좀처럼 오지 않을 것이라
는 직감이었고, 과연 리아의 직감은 틀리지 않았다.

정소열은 다시 카드를 수거해 셔플 기기에 넣었다.

3차전이 시작되고 있었다.

도박에 참여하고 있는 리아 일행과 딜러인 정소열 외에도 이 도박을 지켜보는 눈이 하나 더 있다는 것을 그들은 모르고 있었다.

9

CCTV 화면을 통해 현장을 발견한 명서진 실장은 눈을 의심할 수밖에 없었다. 동광 카지노가 1천만 원 단위의 칩을 사용하는 베팅 한도 무제한의 VIP 테이블을 준비 중이라는 것은 이미 알고 있는 사실이었다. 정소열이 오늘 특별한 손님을 맞이해 그 테이블에서 시험 삼아 게임을 진행한다는 것도 알고 있었다. 하지만 그 특별한 손님이 저 꼬질꼬질한 여자아이일 줄은 예상도 못 한 일이었다. 게다가 그 소녀는 얼마 전 다이사이 게임에서 미심쩍은 베팅으로 단 한 번에 4,500만 원을 따갔던 그 무리 중의 하나였다. 명서진은 CCTV의 컨트롤러를 움직여 게임이 치러지고 있는 테이블을 확대해봤다. 벌써 소녀 앞에는 1억이 넘는 칩이 쌓여 있었다. 그

저 상황을 두고 볼 수만은 없었다. 명서진은 무전기를 들어 막내 딜러를 연결했다.

"지금 VIP룸 테이블에 가봐. 마스터가 있을 테니까 도와드릴 것 없냐고 물어봐줘."

게임을 마치고 휴게실에서 쉬는 중이던 막내 딜러는 2층 VIP룸으로 향했다. 문을 열자 정소열이 한 소녀와 1 대 1로 도박을 하고 있는 모습이 보였다. 막내 딜러 역시 놀랄 수밖에 없었다. 소녀의 앞에 쌓여 있는 칩들은 족히 1억은 되어 보였다.

"용건이라도 있습니까? 저는 호출한 적이 없습니다."

정소열은 눈을 똑바로 맞추며 질문을 던졌고, 막내 딜러는 말을 더듬었다.

"제, 제가 뭔가 도, 도와드릴 거라도?"

"괜찮습니다. 이 게임은 제가 담당하니 신경 끄셔도 됩니다."

"예, 예."

막내 딜러는 떨리는 손으로 문을 열고 돌아 나왔다.

명서진은 막내가 정소열의 기세에 눌려 벌벌 떠는

모습을 CCTV를 통해 모두 보고 있었다. 그가 나간 뒤, 정소열은 몸을 돌려 천장의 CCTV를 올려다보더니 가볍게 고개를 끄덕였다. 명서진은 현장을 엿보고 있었다는 사실을 그에게 들킨 것만 같아 오싹해졌다. 고개는 무슨 의미로 끄덕였단 말인가? 정소열의 속내는 알 수 없었다. 하지만 명서진의 마음에 작은 의심이 움트기 시작한 것은 분명했다. 그토록 청렴결백하고 완벽주의자처럼 보였던 정소열이 외부인을 동원해 카지노의 재산을 사적으로 빼돌리고 있을지도 모른다는 의심이. 딜러가 미리 결탁한 플레이어에게 게임 조작으로 대승을 안겨준 뒤 돈을 분배하는 것은 카지노에 흔히 있는 비리 사건이었다. 아무리 이 카지노가 정소열이 일군 것이고, 그의 가문의 재산이라 할지라도 사적으로 돈을 빼돌리는 행위는 용납할 수 없었다. 이 카지노에는 직원 수백 명의 생계가 걸려 있기 때문이었다. 그들은 오늘도 삼교대로 서서 일하며 도박꾼들의 분노 섞인 언어폭력을 감내하고 있었고, 명서진 또한 그런 경험을 거치며 이 자리에 온 사람이었다. 명서진 실장이, 속을 알 수 없고 때로는 신앙에 지나치게 경도된 것처럼 보이는 정소열이라는 남자를 감시하는 역할이 자신의 숙명이라고 생각하는 건 바로 그런 배경 때문이었다.

리아는 VIP룸에 들어왔던 직원에게 얼음물이라도 달라고 부탁하고 싶었지만 그럴 기회를 놓쳤다. 숨이 턱턱 막히고 입안이 말라가는 게 느껴졌다. 이 칩이 돈이라는 실감이 들기 시작하니 좀처럼 베팅에 나설 수 없었다. 햄버거집 화장실에서 태어나 쓰레기 광산에서 살아가는 처지에 하나에 1천만 원이나 하는 칩을 걸고 게임을 한다는 것 자체가 미친 짓이라는 생각이 들었다. 벌써 다섯 판을 치렀지만 올인의 기적을 만들어냈던 첫판을 제외하고는 전부 만 원 짜리 칩을 건 최소 단위 게임이었다. 전적도 승승패패패로 좋은 흐름도 아니었다. 마이닝 머신이 뽑아준 법칙을 믿고 승부에 나선 것은 너무나 안일한 생각이었다. 대부분의 셔플은 신호등이 빨간불이고 직원용 문이 닫혀 있을 때 벌어졌고, 교통방송에서는 여가수의 노래가 좀처럼 나오지 않았다. 게임에 쓸 만한 정보 자체가 절대적으로 부족했다. 리아의 머릿속에서 작은 충돌이 일어났다. 이것만으로도 큰돈이니 적당히 손을 떼고 이 도박장을 떠나자는 타

협파와, 이 기회가 아니면 영영 큰돈은 구경도 못 할 테니 최소한 한 명당 1억은 따 가야 한다는 도전파가 싸우기 시작한 것이다. 남들은 리아를 보고 내키는 대로 살아왔다고 생각하겠지만 리아의 가슴속에는 꺼지지 않는 열망이 있었다. 꼴 보기 싫은 가족과 이웃을 모두 버리고 비루한 쓰레기 광산을 떠나겠다는 열망. 하지만 어떻게 해도 방법이 그려지지 않았기 때문에 리아는 일말의 희망이라도 걸어볼 수 있는 마이닝 머신에 매달려왔던 것이다. 이제 그 기적은 구체적인 형태로 리아의 눈앞에 펼쳐져 있었다. 리아는 결국 도전파의 손을 들어줬다. 이를 악물고 두 판만 더 이겨서 총금액 4억을 만들기로 결심한 거였다.

"왜 첫판처럼 통 크게 안 거냐고 뭐라 하고 싶겠지만 승부는 내 자유예요. 오늘 영업 끝날 때까지 만 원씩만 걸 수도 있으니까 각오해요."

리아는 일부러 정소열에게 선언하듯 말했다. 자신의 기세를 내보이고 싶은 마음도 있었지만 스스로 용기를 얻으려는 이유가 더 컸다. 정소열은 침착하고 예의 바른 말투로 대답했다.

"물론 그건 리아 씨의 자유입니다. 저로서는 조금 아쉽겠지만 말입니다."

예상 밖의 대답이었다. 자동응답기처럼 감정 없는 말만 할 줄 알았는데, 정소열은 이번만큼은 명백히 자신의 바람을 드러내고 있었다.

상돈은 다리가 아파오기 시작했다. 기약 없이 한자리에만 서 있는 일은 수십 킬로미터를 걷는 것보다 더 견디기 힘든 고통이었다. 승부가 지지부진해지자 첫 승리의 흥분은 금세 가라앉고 몸이 힘들어지기 시작했다. 게임을 치러 보니 이 도박에서 가장 큰 변수가 되는 것은 바로 K마트의 직원용 출입문이라는 게 명백해졌다. 셔플기에서 뽑히는 카드의 범위를 가장 확실하게 한정 지어주는 요소이기 때문이다. 아주 단순하게 말하면 이 게임은 마트 뒷문이 열린 순간에 뽑힌 카드에 돈을 걸면 대체로 이기는 게임이었다. 하지만 직원용 출입문은 좀처럼 열리지 않았다. 지금은 직원들이 출퇴근할 시간도 아니었고, 한창 바쁠 때라 직원들이 수시로 드나들지도 않았다. 만 원짜리 베팅만 반복되던 게임이 어느새 여덟 판째에 접어들었을 때, 상돈은 이 게임이 요동

칠 것이라는 신호를 받았다. 마트 주차장에 물건을 잔뜩 실은 배송 트럭이 들어선 것이다. 직원용 출입문은 한동안 쉴 새 없이 열림과 닫힘을 반복할 테고, 그 안에 분명히 승부가 날 것이다. 상돈은 리아의 방송 채팅창을 통해 이 상황을 알렸다.

— 긴장해. 마트 배송 트럭 도착했으니까.

곧이어 건장한 청년이 운전석에서 내려 트럭 짐칸을 열고 손수레에 물건을 싣기 시작했다.

상돈의 채팅 메시지를 본 리아는 허리를 곧게 세우고 셔플기와 채팅창을 번갈아 봤다. 셔플기가 아홉 번째 카드 섞기를 시작했다. 상돈은 채팅창에 "열림"이라는 메시지를 입력했다. 다음 메시지가 올라오기 전에 셔플기는 카드를 뽑았고, 정소열은 그 카드를 딜러 측에 놓았다. 그 직후 "닫힘"이라는 메시지가 올라왔다. 거의 동시에 다은이 횡단보도 불빛을 "초록불"이라고 알려주었다. 셔플기는 두 번째 카드를 뽑았다. 리아는 침을 꿀꺽 삼켰다. 방금 완벽한 승부의 조건이 만들어졌다는 것을 알 수 있었다. 문이 열린 상태에서 나온 딜러 카드는 10 이상의 수가 분명했고, 횡단보도 신호등이 초록불일 때 뽑힌 플레이어 카드는 7, 8, 10 중에 하나일 것이었다. 절대 질 수 없는 황금의 베팅 조건이 만들어진 것이다. 리아는 자신 있게 딜러 측에 가지고 있던 모든 칩을 밀어 넣었다. 정소열은 재빨리 결과를 확인하고 싶어 하는 사람처럼 신속한 동작으로 첫 카드를 열었다. 딜러 카드는 10이었다. 정소열의 손이 플레이어 카드로 향할 때, 리아는 믿어본 적도 없는 신에게 기도했다. 제발 10만 나오지 않게 해주세요, 라고. 비기는 카드만 나오지 않는다면 이 판에서 이길 거라고 리아는 확신했다. 정소열이 플레이어 카드를 오픈했다. 카드의 숫자는 8이었다. 리아는 아랫입술을 꽉 깨물고 주먹으로 테이블을 쿵 내리치며 솟아오르는 기쁨을 억제했다. 이상한 것은 정소열의 반응이었다. 그는 리아에게 카지노의 재산을 뺏기고 있음에도 기쁜 듯한 얼굴로 칩을 얹어 줬다. 눈에 총기가 돌았고, 입술이 흥분으로 살짝 떨리고 있었다. 리아가 가져간 칩은 이제 2억 원 상당이 되었다. 한 명당 7천만 원에 육박하는 거금이었다. 리아는 전국의 동갑내기 전체를 재산순으로 줄 세워봐도 자신이 상당히 앞쪽에 있을 거라고 생각했다.

이제 갓 대학교 신입생이나 되었을 그들의 개인 자산이 수천만 원이 될 일은 없을 테니까. 하지만 리아는 승리의 기쁨에 취할 새가 없었다. 정소열이 빠른 손놀림으로 카드를 회수해 다음 셔플을 시작했기 때문이다.

횡단보도를 지켜보고 있던 다은은 돈이 불어났다는 기쁨에 취해 신호등 불빛을 체크하는 걸 깜빡 잊고 있었다. 다은이 다시 횡단보도를 봤을 땐 이해할 수 없는 일이 벌어져 있었다. 초록불에서 깜빡이던 횡단보도 보행신호가 갑자기 꺼져버린 것이다. 잠시 기다렸지만 신호등에선 어떤 불빛도 나오지 않았다. 일어날 가능성이 매우 적은 사건, 그러니까 하필 이런 중대한 시점에 신호등이 고장 난 것이었다. 다은의 시야에 눈치를 보다가 횡단보도를 다다다 뛰어 건너는 아이들이 보였다. 이 상황에 대해 뭐라 말을 전할지 망설이던 다은은 "신호등 고장, 꺼졌음"이라고 메시지를 보냈다. 도박의 승부를 가를 중요한 정보 중 하나를 잃은 셈이었다.

마트 주차장에 있던 상돈은 초조해졌다. 갑자기 신호등이 고장 나다니 믿기지도 않았다. 더 나쁜 상황은 그사이 배송 직원의 운반 작업이 끝나버렸다는 것이다.

운반하는 물건이 오늘따라 적었는지, 배송 직원은 수레로 딱 한 번 짐을 실어 나른 뒤 트럭 짐칸을 닫고 운전대를 잡았다. 이제 또 한동안 마트 뒷문이 열릴 일은 없을 것이고, 다은이 보던 신호등도 고장 났다면 카드를 읽을 모든 방법이 사라진 것이었다. 상돈은 이 정도 땄으면 이제 그만하자고 채팅창에 입력하려 했다. 휴대전화를 들여다보던 상돈이 잠시 고개를 들었을 때, 믿기지 않는 풍경이 보였다. 마트 직원 하나가 검은색 물체를 들고 트럭 운전석을 향해 달려가고 있었다. 배송 직원이 두고 간 핸드폰을 가져다주는 모양이었다. 둘은 잠시 수다를 떨었고, 자동문은 그들의 등 뒤에서 열려 있었다. 상돈은 쓰던 메시지를 재빨리 지우고 "열림"이라는 메시지를 입력했다.

그때는 마침 셔플기에서 첫 번째 카드가 뽑혀 나온 찰나였다. 리아는 어느 것이 먼저였는지 헷갈렸다.

— 미안, 계속 열려 있었어. 지금 막 닫힘.

뒤이어 도착한 상돈의 메시지가 리아를 살렸다. 딜러 카드는 10 이상의 숫자가 분명했다. 이제 남은 것은 두 번째 카드의 운명이었다. 단지 10 이상의 숫자라는 것만으로 한 번 더 올인을 하기에는 2억이라는 돈은 너무 컸다. 멋모르고 5천만 원을 베팅했던 첫판과는 상황이 달랐다. 두 번째 카드가 셔플되는 동안 리아는 고민했다. 또 한 번 도박을 해볼 것인가, 물러설 것인가.

그때 리아의 귀에 색다른 정보가 입력되었다. 라디오에서 최근 개봉한 영화를 극찬하던 평론가가 말을 끝내자 영화음악 DJ가 정리 멘트를 했다.

"이 영화 OST 듣고 오시겠습니다."

리아는 정신을 바짝 차렸다. 클래식 음악이 재생되며 고음의 소프라노가 노래를 부르기 시작했다. 두 번째 카드는 그때 뽑혀 나왔다. 리아는 이 게임에서 한 번도 활용 못 해본 마이닝 머신의 세 번째 법칙을 떠올렸다. 여가수 노래가 나오는 동안에 뽑힌 카드는 Q, K가 아니라는 법칙. 정리하자면 이번 판에서 뽑혀 나온 첫 카드는 10 이상의 카드고, 두 번째 카드는 J 이하의 카드라는 뜻이었다. 두 번째 뽑힌 플레이어 카드가 이길 확률은 리아 엄마가 정신 차리고 술을 끊을 확률만큼이나 낮은 게 분명했다. 망설일 필요가 없었다. 리아는 이 게임에서 세 번째 올인을 선언했다. 판돈은 2억. 리아가 베팅한 딜러 측이 이긴다면 4억이 되어 돌아올 것이다. 1인당 1억 이상의 돈이라는 목표가 이루어지기 직전이다. 분명히 단위가 다른 돈이었다. 서울에서 원룸을 월세도 아니고 전세로 구해 독립할 수 있는 꿈의 액수였다.

"박리아 씨. 이번이 마지막 베팅입니까?"

"뭐요? 어떻게 알았어요?"

정소열은 결판을 앞둔 리아의 마음을 들여다보고 있다는 듯 물었다. 리아는 그 태도가 맘에 안 들었다.

"박리아 씨의 표정과 몸짓이 최종 승부에 나서는 도박사의 전형입니다. 생각보단 짧았지만 뭐, 좋습니다. 대신 최종 게임이니 힌트라도 주셨으면 좋겠습니다. 어떤 근거로 이 도박을 치렀습니까?"

정소열은 이제 노골적으로 속내를 내보였다. 그는 리아라는 이상한 도박사를 현미경 재물대에 앉히고 뼛속까지 들여다보려는 목적으로 이 게임을 진행한 것이었다. 하지만 리아는 그가 궁금해하는 필승법을 설명할 재간이 없었다. 그건 쉬우면서도 어려운 법칙이었다.

"할머니 무릎 같은 거예요. 할머니가 무릎 시리다면

서 다음 날 비 올 걸 백 프로 맞혀버리는 거. 아무 관련도 없는데 신통하게 들어맞는 법칙들 말이에요. 그런 걸 나는 알고 있어요. 믿기지 않죠? 나도 이번 판만 끝내면 다신 안 믿을 거예요. 이 망할 카지노 동네에 다시 오지도 않을 거고."

"그렇게 되길 희망해봅니다. 카드 오픈하겠습니다."

정소열은 첫 번째로 뽑힌 딜러 카드를 오픈했다. 카드는 'Q'였다. 리아의 심장이 빠르게 요동치기 시작했다. 리아의 온몸이 승리를 확신한 것이다. 마이닝 머신의 법칙에 따르면 플레이어 카드는 높아봤자 'J'일 운명이었다. 하지만 정소열이 두 번째 카드를 뒤집었을 때 그 모든 확신과 기대는 무너져 내렸다.

플레이어 카드는 'K'였다. 딜러 측에 전 재산 2억을 걸었던 리아의 마지막 도박이 처참하게 패배한 것이었다. 그것도 거의 질 일이 없는 Q 카드로 하필 K 카드를 만나서 패배했다. 리아는 눈앞에 벌어진 일을 보고도 믿을 수 없었다.

10

　리아는 칩을 가져가는 정소열의 손동작을 멍한 눈으로 지켜보며 스스로에게 질문을 던졌다. 어떻게 여자 가수의 노래가 나올 때 뽑힌 카드가 'K'일 수 있단 말인가. 마이닝 머신의 법칙이 틀린 건가. 애초에 고물 덩어리 기계가 뽑아내는 이상한 문장들을 철석같이 믿고 전 재산을 베팅한 이유가 뭐였을까. 자책해봐도 소용없었다. 마이닝 머신은 지금까지 리아에게 신앙이었기 때문이다. 희망도 없는 쓰레기 마을의 아이들에게 엉뚱하게도 움튼 고철의 신앙이었다.

　창백해진 리아만큼이나 정소열도 쓸쓸한 표정을 지었다.

　"그 법칙은 겨우 세 판도 못 이기고 깨지는 것이었습

니까?"

정소열의 목소리에 리아를 놀리려는 의도는 없었다. 오히려 누구보다 믿고 의지한 사람으로서 리아를 원망하는 것 같은 뉘앙스였다. 리아의 귀에 정소열의 말은 들어오지 않았다. 리아는 한때 수중에 확실히 들어왔던 2억을 다시 뺏긴 채, 어쩌면 리아의 것이 되었을지도 모를 4억도 물거품으로 만든 채 빈손으로 게임장을 나섰다.

큰 충격으로 개인방송을 끝내는 것도 잊은 리아 때문에 상돈과 다은은 리아의 주머니 속에서 재생되고 있는 검은 화면을 망연자실하게 보고 있을 수밖에 없었다. 넣을 것도 없어서 늘 텅텅 비어 있던 그들의 주머니 속 풍경은 여전히 블랙홀처럼 시커멓기만 했다. 이어폰에선 그 빌어먹을 소프라노 노래가 카지노 건물을 나설 때까지 계속되고 있었다. 비틀대며 걸어 나온 리아가 끝내 졸도하듯 쓰러져버린 것은 그때였다. 노래가 끝나고 흘러나오는 DJ의 멘트를 들었을 때.

"니콜 모리츠키의 노래였죠. 〈울게 하소서〉. 니콜 모리츠키는 지병 때문에 사춘기 이전에 고환 적출 수술을 받았는데요, 그 일을 계기로 현대에서는 유일하게 정통적인 카스트라토 창법을 구사하고 있는 가수가 되었죠. 변성기가 오기 전의 목소리를 간직하고 여성 음역대의 노래를 부르는 창법인데, 실제 이 영화의 모티프가 된 인물이라고 할 수 있습니다."

다리에 힘이 풀린 리아는 바닥에 얼굴을 대고 숨을 거칠게 쉬었다. 마지막 베팅에 실패한 것은 법칙이 틀렸기 때문이 아니었다. 리아가 부주의했기 때문이었다. 영화를 소개하는 말들을 조금이라도 주의 깊게 들었다면 흘러나오는 노래가 남자 가수의 노래라는 걸 알 수도 있었을 것이다. 그랬다면 2억을 건 과감한 베팅까지는 가지 않았을 것이다. 리아는 가슴을 주먹으로 치며 자책했다. 카지노에는 리아 같은 증세를 보이는 사람이 부지기수로 나오기 때문에, 상황을 목격한 직원들은 침착하게 대응했다. 리아를 부축해 바닥에 앉혀 하늘을 보게 하고, 찬물을 건넸다.

리아와 상돈, 다은은 각자의 자리에서 걸어서 집으로 돌아갔다. 엄청난 풍랑이 몰아쳐 리아 일행을 천국과 지옥으로 오가게 만들었지만 실제 게임을 치른 시간은 겨우 한 시간 남짓이었다. 절망은 우아하게 밤에 찾아오지 않았다. 마침 보기 좋게 뜬 태양이 그들의 정수리에 열기를 내리꽂았다. 마음이 지치는데 몸은 더 지쳐갔다.

리아 일행은 약속이나 한 듯 마이닝 머신이 있는 컨테이너 앞에서 다시 만났다. 땡볕에도 어찌나 열심히 울면서 걸어왔던지 세 친구의 눈은 모두 얻어맞은 사람처럼 부풀어 있었다. 리아가 먼저 고개를 숙였다.

"미안해 얘들아. 라디오에서 나온 노래가 여자 목소리길래 여자인 줄 알고 베팅했는데 남자 가수였어. 나 때문에 졌어. 내가 병신이라."

그 말을 들은 다은과 상돈도 착잡하긴 마찬가지였다. 네가 제일 고생했다고, 우린 괜찮다고 말해줘야겠다고 생각은 하면서도 도저히 그런 말이 나오진 않았다. 다은이 침묵을 깨고 말했다.

"아냐, 너도 노력했는데 어쩔 수 없지. 우리 다 고생했고, 고생했는데…… 근데 망할! 내가 그 도박 하지 말자고 했잖아! 그래, 너 때문에 다 잃었어! 니가 병신이라!"

담담하게 말을 시작한 다은은 갑자기 치솟는 감정을 어찌할 수 없어 결국 분출해버리고 말았다. 다은이 고함을 치며 리아의 어깨를 잡고 밀쳤다. 리아를 향해 화를 내려는 것은 아니었다. 분노라기보다는 억울함이었다. 리아의 작은 등이 컨테이너 창고 문에 쿵 소리를 내며 부딪쳤다. 다은이 신호탄을 쏘아 올리자 상돈도 격한 말들을 토했다.

"바보 병신 박리아! 쓰레기에 대가리 박고 죽어버려!"

상돈은 울기 시작했고 다은도 울었다. 리아도 울먹이며 상돈을 밀쳤다.

"개새끼야! 말이 심하잖아! 아무리 그래도 쓰레기에 대가리를 박으라고 하냐!"

느닷없이 리아와 상돈이 머리채를 잡고 뒤엉키기 시작했다. 다은은 그들의 등짝을 한 대씩 때리며 떼어냈다.

"아야! 넌 힘만 더럽게 세!"

세 친구들은 결국 서로로부터 몇 미터씩 떨어져서 바닥에 주저앉아버렸다. 앞날 창창한 청년들이 대낮부터 울며 주저앉아 있어도 이 동네에서는 호기심 어린 눈으로 지켜보는 사람조차 없었다. 슬픔은 쓰레기 광산 마을의 주요 생산품이었다. 이곳에서 눈물은 발에 차이는 돌멩이처럼 흔한 것이었다. 쓰레기 광산 주민들은 누군가 행복하게 웃고 있다면 그를 죽일 듯 노려봤지만 울고 있다면 신경도 쓰지 않았다.

그날 밤 코 고는 엄마 옆에서 뒤척이며 겨우 잠들었던 리아는 눈을 뜨자마자 쓰레기장으로 일하러 나갔다. 심란한 마음을 떨치려면 차라리 몸이라도 혹사시키는 게 낫다고 생각했다. 상돈과 다은도 같은 생각을 한 건지 부은 눈으로 일하러 나왔다. 셋은 별다른 대화 없이 힘을 합쳐 가전을 부수고 거기서 기판을 꺼내 비닐봉지에 담았다. 그렇게 건져낸 몇 봉지의 값진 쓰레기들을 소장에게 가져가 푼돈을 받아내고는, 약속한 듯 동광 카지노로 향했다.

리아 일행이 또 카지노를 찾은 이유는 도박으로 거지가 된 사람들이 동광시를 못 떠나는 이유와 같았다. 미련이었다. 도박으로 돈을 잃었으니 다시 도박장에 가면 그 돈을 복구할 수 있지 않을까 하는 어리석은 마음이 리아와 친구들을 지배했다. 하지만 카지노 로비에 들어선 그들은 가혹한 현실을 마주할 수밖에 없었다. 혹시나 하는 마음에 가져온 습도계는 40퍼센트 언저리에 고정되어 있었다. 제일 처음 이 도박장에서 리아 일행에게 대박을 안겨준 습도의 법칙은 이제 쓸 수 없었다. 동광 카지노의 설정 습도는 원래 40퍼센트가 정상이었다. 행운이 겹쳐서 하필 그날 비가 내렸고, 하필 그날 에어컨 습도 조절 기능이 고장 난 덕분에 150배 베팅에 성공했다는 것을 당시에는 알지 못했다. 설령 이제 와서 다시 테이블 도박에 도전한다 해도 어제 잃은 2억 원에 도달하려면 너무 먼 길을 가야 했다. 테이블 베팅 한도가 정해져 있어 큼직하게 따낼 수도 없었고, 무엇보다 이제 리아 일행에게는 도박 자금이 없었다.

카지노에 리아 일행이 나타난 것을 발견한 막내 딜러가 명서진 실장에게 무전기로 그 사실을 알렸다. 명서진이 특별히 지시한 사항이었다. 리아 일행이 있는 다이사이 테이블 앞에 도착한 명서진은 그들의 낯빛이 어제와는 완전히 달라져 있음을 한눈에 알 수 있었다. 의기양양한 눈빛은 시들고 완전한 패배자의 얼굴이 되어 있었다. 전 재산을 잃고 유령처럼 게임장을 서성이는 도박사는 카지노 입장에선 최고의 경계 대상이었다. 하지만 리아와 친구들이 딜러에게 분풀이를 하거나 자해 시도를 할 인물들처럼 보이지는 않았다. 그들은 단지 마음속 깊이 실망하고 있는 것 같았다. 리아 일행이 정소열과 음모를 꾸미고 있을지도 모른다는 명서진의 가설은 어제 리아 일행의 패배로 흔들렸다. 하지만 눈치 빠른 정소열이 명서진의 감시를 알아채고 일부러 한 수 접었을 가능성도 배제할 수는 없었다. 처리할 업무는 산더미였지만 명서진은 플로어에 남아 리아 일행이 돌아갈 때까지 시선을 떼지 않고 있었다.

사장실에 혼자 있던 정소열은 리아 일행이 카지노에 다시 왔다는 사실을 모르고 있었다. 그 아이들이 나타나도 마스터에게는 보고하지 않도록 명서진이 직원들에게 입단속을 시켰기 때문이다. 정소열은 평소와 같이 새벽 운동을 하고 평소와 같이 제일 먼저 출근해 업무를 봤지만 마음은 다른 데에 가 있었다. 머릿속에서 수백 번이나 어제의 승부를 복기했다. 직접 본 박리아의 베팅은 정소열을 흥분시키기에 충분했다. 이곳에서 무수히 많은 도박사를 관찰해온 정소열은 그녀의 얼굴만 봐도 충분히 속내를 읽을 수 있었다. 평생 만져보지도 못할 거액을 베팅하면서도 리아에게는 될 대로 되라는 식의 무모한 패기가 안 보였다. 굳은 믿음과, 그 사이를 비집고 들어앉은 약간의 의심이 전부였다. 부정행위도, 이판사판 도박도 아닌 자신만의 이론과 법칙에 기대어 게임을 하고 있다는 뜻이었다. 하지만 그녀가 정말로 무결한 신의 법칙에 도달했다고 볼 수 있을까? 분명 리아가 크게 베팅을 한 쪽은 언제나 10 이상의 높은 숫자 카드가 나왔다. 쓰디쓴 패배로 이어졌을지라도, 마지막 베팅에서조차 그녀가 돈을 건 카드는 Q였다. 카지노 워 게임에서 리아가 카드의 경향을 읽은 것은 명백했다. 하지만 백 프로의 확률은 아니었다. 가장 높은 K가 나왔음에도 돈을 다 걸지 않고 최소 베팅으로 물러선 판도 있었다. 정소열은 두루뭉술한 것을 용납할 수 없었다. 아니 증오했다. 리아가 카드를 읽은 것처럼 보였지만 우연일 수도 있지 않은가? 마찬가지로 신이 행한 듯 보이는 기적도 그저 사람들의 착각일 수도 있지 않은가? 확실치 않은 가설들은 진리의 탈을 쓴 채 세상을 미몽에 빠트리고 거짓된 선지자들이 설치게 만들 뿐이었다. 정소열은 리아 일행의 허위가 탄로 나거나 아니면 완전무결한 승부를 냄으로써 자신을 압도해주길 기대했지만 지난 승부는 그 어느 쪽도 아니었다. 그것이 정소열의 마음을 내내 불편하게 만들었다. 그저 흔하디흔한, 패배한 도박사라 치부하며 리아를 잊으려 해도 잘 되지 않았다.

리아 일행은 해가 다 져서야 쓰레기 광산에 돌아왔다. 도박에서 땄던 수억 원이 애초에 우리 게 아니었다는 생각이 들자 리아는 마음이 조금은 진정되었다. 리아에게는 약간의 희망도 있었다. 연구실 조교였던 배경은을 만난 뒤 마이닝 머신이 확실히 더 잘 작동하기 시작했다. 법칙을 발견하는 빈도도 높아졌고 카지노 게임에 관련된 인과성도 더 잘 찾아냈다. 물론 언제나 그랬듯이 쓰레기 정보가 더 많긴 했다. 알고는 있어도 도저히 활용할 수 없는 법칙들이 대부분이었다. 이를테면 이런 것들이었다.

— 정망산 서어나무 자생지 토심 3미터의 평균 PH가 7 이상인 날 룰렛 게임은 짝수보다 홀수 빈도가 3퍼센트 더

높다.

— 강천시 MVP영화관의 일일 출입자 수가 2백 명이 넘은 순간 던져진 주사위는 '1, 2, 4'만 나온다.

아무리 용을 써도 이런 법칙들을 활용해 도박을 할 수는 없었다.

리아가 이번 기회에 새로 깨닫게 된 사실도 있었다. 마이닝 머신이 발견해내는 법칙에는 쓰레기 광산 인근 지역과 관련된 것들이 많았는데, 생각해보니 그건 쓰레기 광산에 양호한 상태로 도착하는 하드디스크들이 대개 폐교된 동광대학교에서 온 물건들이었기 때문이다. 전국의 쓰레기들이 다 이곳에 모이긴 했지만, 다른 도시의 폐컴퓨터 대부분은 거친 운반 과정에서 먹통이 됐을 가능성이 높았다. 설령 멀쩡하더라도 다른 중간업자들이 빼돌리는 일도 잦았다. 결국 리아의 마이닝 머신에는 동광대학교의 연구 데이터가 많이 축적될 수밖에 없었다. 동광대학교에는 마침 국내 유일의 카지노 학과가 있어서 게임 관련된 데이터들을 얻을 가능성이 높았다. 더 나아가 아예 동광 카지노에서 직접 폐기한 하드디스크도 섞여 있을지 모를 일이었다. 이런 정보들을 종합했을 때 리아는 결론을 내렸다.

"카지노에 다시 가자. 우린 그사이에 열심히 일해서 도박 자금을 모을 거야."

목장갑을 낀 채 쓰레기들 틈에서 먼지를 뒤집어쓰고 있던 상돈과 다은은 아연실색한 표정으로 리아를 봤다. 어떻게 저런 생각을 할 수 있는지 신기해하기까지 했다.

"그 꼴을 겪고 또 도박을 하자고?"

"그러다 우리 엄마 아빠들처럼 되는 거야."

다은과 상돈의 생각은 지극히 합리적인 것이었다. 하지만 리아는 희망을 내려놓기 싫었다.

"그럼 뭐? 쓰레기나 계속 모으자고?"

"주민등록도 나왔고, 가짜긴 해도 주소지도 있으니까 나가서 일을 구해야지!"

"대학 나온 새끼들 절반이 백수래! 우릴 누가 써주냐고! 버거리아 알바도 일류대 휴학생인 거 몰라?"

리아의 말도 틀린 데는 없었다. 폐지 더미에서 주운 그 어떤 신문에도 경기가 최악이라는 글만 적혀 있었다. 쓰레기 광산에 들르는 공무원과 폐기물업자들도 먹고살기 힘들다며 앓는 소리를 달고 살았다. 이런 나라에서 카지노만 호황을 누리는 건 이상한 일이 아니었다.

"맘대로 해. 너희는 나가서 일자리 구해. 나는 도박이나 또 해서 우리 엄마처럼 될 거다."

리아는 입을 삐죽이며 등을 돌렸다. 화난 것을 표현하기 위해 주먹으로 컨테이너 벽을 쾅 치기도 했지만 그보다 더 시끄러운 쓰레기 트럭 소음에 묻혀버렸다.

"어디 가?"

상돈이 불렀지만 리아는 구멍 난 신발을 질질 끌며 어디론가 가버렸다.

버거리아는 언제나 리아에게 활짝 열려 있었다. 하지만 오늘만큼은 햄버거집에 들어가기 싫었다. 콜라 한 잔 사 먹을 돈쯤은 있었지만 그럴 기분도, 기운도 나지 않아 햄버거집 벽에 등을 기대고 주저앉았다. 이곳의 변기를 볼 때마다 리아는 다른 세상을 생각하곤 했다. 어차피 하수도 건너편 모습이야 보이지 않으니, 무엇이 있다고 생각해도 자유였다. 하지만 자신이 다른 세계에서 왔다고 생각하는 것과, 그 세계로 돌아갈 수 있느냐 하는 문제는 완전히 별개였다. 이제 리아는 변기에 머

리통조차 안 들어갈 만큼 커져버렸다. 리아는 자신이
덫에 걸린 채로 몸만 자라버린 짐승 같다고 생각했다.
푹 숙인 고개 위로 따가운 햇볕이 내리쬐어 정수리를
데우고 있었다. 몸에서 나는 퀴퀴한 냄새와 살갗의 끈
적대는 느낌이 견디기 힘들었다.

"리아야. 오빠 안 보고 싶었어?"

리아가 고개를 들었다. 눈앞에는 햇볕을 가리고 선
불쾌한 형체가 보였다.

11

리아는 사정없이 직격해오는 역광에 아린 눈을 가늘
게 뜨고는 앞에 서 있는 형체의 정체를 확인했다. 조인
재였다. 인재는 어울리지 않게 고급스러운 디자인의 전
기자전거를 타고 있었다.

"일은 안 해요?"

"일하고 있잖아. 내 일이 환경을 돌보는 거니까."

인재는 헬멧을 벗고 자전거에서 내리며 더 가까이
다가왔다.

"카지노에선 또 돈 좀 따셨나?"

"말하기 싫어요. 아주 씨발스러우니까."

"오빠도 이해하지. 이해해. 나도 저기서 한 달치 월
급도 다 날려봤다."

싸구려 남자 향수 냄새가 훅 풍겨왔다. 인재가 친근한 척하면서 리아의 옆에 나란히 앉은 것이었다. 딱 붙어 앉은 게 싫었지만 리아는 밀쳐낼 기운도 없었다.

"조금 의외였어."

"뭐가요?"

"보통은 자고 나면 여자들이 더 매달리지 않나? 그래서 일부러 지켜본 건데, 넌 연락이 없더라."

"그게 무슨 소리예요?"

인재는 조금 당황한 표정으로 리아의 얼굴을 빤히 봤다. 리아는 정말로 영문을 모르겠다는 얼굴을 하고 있었다.

"우, 우리 말이야. 그때 같이 술 마신 날."

"뭐라고? 그게 한 거예요? 진짜 아무 느낌도 안 들었는데?"

"제, 제대로 한 건 아니지만! 그래도 우리 한 거야! 그 정도면 했다고 보는 건데."

"미친 소리 하지 말아요. 그땐 술 먹고 힘들어서 잠깐 풀어진 거지만 그게 어쨌다고? 내 남친이라도 된 것 같아?"

리아의 격한 반응에 인재는 상반신을 지탱하고 있던 팔의 힘이 풀려 휘청대더니, 자신도 미처 의도하지 않은 말을 뱉어내버렸다.

"나 너 좋아하는 것 같아. 좋은데 어떻게 해야 해? 내가 뭐라도 해주고 싶다고."

"날 도와주고 싶어? 그럼 혼자 있게 해줘요. 지금 진짜 인생 밑바닥이라고요."

인재는 떠날 것처럼 미적대다가 다시 뭉개고 앉았다. 리아는 엉덩이를 살짝 들어 한 뼘쯤 떨어져 앉았다.

"너처럼 나도 엄마 싫어했어. 아빠도. 둘 중 하나만 있다는 점에선 난 네가 부러웠다."

"어쩌라고요."

"엄마 아빠만 엉망이었던 게 아냐. 친구도 없었고, 학교에서 괴롭힘당했고. 인기도 없었고. 그게 다 언제 해결됐는지 알아? ……. 아직도 해결 안 됐어. 내가 살아본 적도 없는 이 동네로 발령 나면서 멀어진 거지. 나 같은 놈도 있으니까 너무 좌절 안 해도 돼."

리아는 인재의 옆얼굴을 봤다. 처음으로 인재가 조금은 덜 느끼해 보이는 것 같았다.

"괜히 모양 빠지는 얘기나 했네. 일하러 갈게."

인재는 도망치듯 전기자전거를 타고 가버렸다. 인재가 자신을 욕망하는 것이 아니라 좋아한다고 했기 때문에 리아는 한층 더 심란해졌다. 리아는 이성을 좋아하는 일에 대해 생각해본 적이 거의 없었다. 고등학교 1학년 때, 리아가 좋다며 질척대는 남자애와 손을 잡고 백 미터 정도를 걸었을 뿐인데 남의 남친한테 꼬리 치는 걸레라는 소문이 난 적이 있었다. 이 일로 인해 리아는 알지도 못하는 여자애들한테 머리채를 잡혀 변기에 얼굴을 처박혀야 했다. 아이들의 폭력에는 죄책감이 없었다. 리아가 쓰레기 광산 출신이라는 사실이 모든 폭력을 정당화해주는 듯했다. 심지어 리아는 그 남자애를 딱히 좋아하지도 않았는데 말이다. 남자애 때문에 이런 일을 겪은 뒤로는 누군가와 알콩달콩 감정을 나누며 연애를 한다는 상상조차 하기 싫어졌다. 가끔 남자가 궁금하긴 했어도 인재는 결코 그 범주에 들어가는 부류는 아니었다. 리아에게 연애란 이 동네를 벗어나 깨끗한 새 삶을 시작했을 때나 꿈꿔볼 수 있는, 막연한 희망 사항들 중의 하나일 뿐이었다.

심란한 기분을 떨치려 해가 질 때까지 읍내 번화가를 아무렇게나 헤매고 다닌 탓에 집에 돌아올 즈음엔 유난히 배가 고팠다. 쓰레기 광산에 돌아가서 유통기한 지난 도시락이나 하나 먹을 생각이었다. 하지만 늘 도시락 한두 개는 남아 있던 소장의 컨테이너 앞에 오늘따라 아무것도 없었다. 먹을 게 없다는 걸 확인하자 견딜 수 없을 만큼 배가 더 고파졌다. 리아는 마이닝 머신 앞에 쪼그려 누운 채 빈 배를 부여잡고 날밤을 새웠다.

아침이 되어 쓰레기를 실은 트럭 소리가 들리기 시작하자 리아는 곧바로 일어나 소장의 컨테이너로 달려갔다. 소장은 컨테이너 밖에 나와 있었고, 그 앞에는 시민단체에서 나온 사람이 난처한 표정으로 서 있었다.

"아니 그게 말이 되는 핑계예요? 어제도 들어오고 한 달 전에도 들어오던 도시락이 왜 갑자기 끊겨요?"

"핑계라뇨. 저희도 당황스러워요. 유통기한 지나서 폐기하는 도시락인데 누가 그걸 정가에 다 사갔다는 거예요."

"지금 뒷돈 요구하는 거 아냐? 솔직히 말해. 당신 나랑 거래 트려고 그러는 거지? 개당 얼마 원해?"

"미쳤어요? 그런 소문이라도 나면 우리 큰일 나요!"

시민단체 사람은 작은 봉지 하나만 놓고 가버렸다. 소장은 리아가 듣고 있었다는 사실을 눈치채고는 머쓱한 듯 고개를 돌렸다. 리아는 소장 옆에 다가가 봉지를 열어봤다. 원래 수십 개씩 배달되던 도시락이 오늘은 네 개뿐이었다.

"나 하나 먹어도 돼요?"

"고작 네 개 들어온 거 안 보여? 너희 먹지 말고 늙은 어르신들 주자."

"이따가 또 들어온대요?"

"아니! 내일은 아예 안 들어올지도 모른대. 어떤 망할 놈이 이 동네 편의점 폐기 도시락을 싹쓸이해서 다 사가고 있다던데."

리아는 물러설 수밖에 없었다. 허기진 배를 달래려고 수돗가에 가서 맹물만 연거푸 들이켜고 나니 일할 기분도 들지 않았다. 쓰레기 광산 주민들은 생활의 많은 부분을 외부 원조에 의존하고 있었다. 매일 아침 공급되는 폐기 도시락부터 생리대나 속옷 같은 생필품까지, 이곳저곳에서 기부받은 물건들을 시민단체 사람들이 주민들에게 나눠주곤 했다. 쓰레기 광산에 사람들이 모여 살기 시작한 지 2년째 되던 해에 어느 방송국 시사 다큐멘터리 프로그램에서 이곳의 열악한 현실을 보도한 게 계기였다. 그렇게 시작된 외부 원조의 가장 큰 축이 지금 무너지게 생긴 것이다. 사람들은 당연히 참지 않았다. 점심거리가 없어진 사람들은 소장의 컨테이너를 포위한 채 고함을 질렀다.

"또 네가 빼돌린 거지? 그 유통기한 지난 도시락 얼마 받고 팔려고?"

소장도 가만히 있진 않았다.

"점주 연합회한테 가서 따져! 그쪽에서 시민단체에 기부를 끊었다니까! 그리고 당신들은 호의를 받으면 감사해하기나 해야지, 그걸 자기들 권리인 줄 알면 어떡해!"

리아는 그날 하루 종일 쓰린 위장을 물로 채운 채 일했다. 상돈과 다은도 마찬가지였다. 세 친구는 정산받은 쓰레깃값을 들고 당장 편의점으로 달려가 컵라면을 두 개씩 먹었다. 컵라면이라는 건 하나만 먹을 땐 그럭저럭 먹을 만한 음식처럼 느껴졌지만 허기에 보복하듯 두 개나 먹을 땐 맛이 느껴지지 않아 마치 종이를 씹고 있는 기분이었다. 면발을 억지로 넘기며 상돈이 투덜댔다.

"이럴 줄 알았으면 처음 딴 돈이라도 고이 모셔두는 건데. 소장이 이제는 우리 위장까지 쥐어짜서 돈 벌려고 저러는 것 같아."

"소장 계략은 아냐. 내가 아침에 들었어. 시민단체 사람이 그러는데 편의점 점주들한테 폐기 도시락을 사들이는 놈이 있대. 그러니까 당연히 우리한테 기부를 안 하지."

아침에 대화를 엿들은 덕분에 리아는 마을에 퍼지고 있는 음모론이 거짓이라는 것을 알고 있었다. 곰곰이 생각하던 다은은 컵라면 국물을 버리며 한마디 했다.

"주민들 중에 누굴 괴롭히려고 그러는 거야."

다은의 분석은 날카로웠다. 폐기 도시락을 제값 주고 사는 놈이 있다면 이익이 목적인 자는 아닐 것이다. 그 행위로 인해 쓰레기 광산에 끼칠 피해 자체가 목적일 가능성이 높다. 하지만 쓰레기 광산 사람들이 누구의 보복을 당할 일이나 있을까. 이미 여기서 사는 것 자체가 형벌인 이곳 주민들을 그토록 열심히 괴롭힐 동기 자체가 어디 있겠는가.

쓰레기 광산 마을의 비극은 여기서 끝나지 않았다. 미심쩍은 일들은 그다음 날에도 계속해서 일어났다.

당장의 끼니가 급해지자 평소 못 보던 주민들까지 너도나도 나와서 쓰레기 분류하는 일을 했다. 폐기 도시락이나 한 끼 먹고 카지노 주변을 배회하던 도박 폐인들도 위기를 직감한 것이었다. 모처럼 햇볕 아래에 모두가 모였다. 리아와 친구들의 부모님들도 있었다. 새마을운동이라도 다시 벌어진 듯 활기찬 모습이었지만 오후가 되자 분위기가 바뀌었다. 주민들이 손수 분류한 고물에 값을 치러줄 수거업자가 오지 않아 모두가 허탕을 치게 된 것이다.

"사고라도 났나 본데, 일단 고물은 여기 두고 도시락이나 가져가세요. 정산은 내일 해줄게."

굶주린 데다 돈까지 못 받게 된 마을 사람들이 폭동이라도 일으킬까 걱정됐는지, 소장은 자기 사비를 털어 마을 사람들에게 편의점 도시락을 돌렸다. 하지만 다음 날에도 문제는 해결되지 않았다. 소장은 고물수거업자들이 전화를 받지 않아서 대체 무슨 일이 생긴 건지 파악조차 못 했다고 말했다.

"소장이 손 놓고 있으면 어떡해? 이 동네 사람들 말려 죽이려고 작정했어?"

주민들이 고함을 쳤지만 소장은 대답할 말이 없었다. 그가 할 수 있는 일은 시민단체에 구조 요청을 하는 것이었다. 소장은 캐비닛에 넣어둔 낡은 명함 뭉치를 찾아내 이곳에 한 번이라도 들른 적 있는 NGO단체들에게 전화를 돌렸고 겨우 포장된 떡 몇 팩을 받아낼 수 있었다.

쓰레기 광산은 이곳에 사람들이 살기 시작한 이래 최악의 시기에 접어들었다. 쓰레기를 아무리 분류해도 돈으로 만들질 못하니 사람들은 일손을 놔버렸다. 고물을 사가는 업자들은 발길을 끊었지만 쓰레기를 매립하는 트럭은 전혀 줄지 않아 쓰레기 더미의 높이는 구름에 닿을 것처럼 높아만 갔다. 리아와 친구들 역시 쓰레기 분류 일에서 손을 떼고 대낮부터 거리에 나앉았다.

"구걸하러 갈래?"

상돈이 손으로 부채질을 하며 못 참겠다는 듯 내뱉

었다. 배짱이 좋은 주민들은 벌써 터미널이나 카지노 앞에서 구걸을 하고 다닌다는 소문이 나돌았다. 주린 배를 달래기 위해선 충분히 해볼 만한 시도였다. 하지만 구걸을 하다가 시내에서 고등학교 동창이라도 마주친다면? 리아는 그 모습을 상상하니 이가 갈렸다.

"너나 해."

그사이 더위도 절정을 향해가고 있었다. 쓰레기 광산의 삶에 혹독하지 않은 시절이 있겠느냐마는, 여름은 그중에서도 최악질이었다. 뜨거운 햇볕에 오븐처럼 데워진 컨테이너는 처형 도구나 다름없었다. 아무리 은둔하고 싶은 사람이라도 대낮에는 바깥으로 피신해 있다가 늦은 밤이 되어서야 겨우 컨테이너 숙소에 기어들어갈 수 있었다. 리아의 엄마도 더위만은 어쩔 수 없었는지 가건물에서 나와 쓰레기장에 모습을 드러냈다. 엄마는 먹을거리를 찾는 사람처럼 어색하게 여기저기 서성댔다. 비척대는 그 모습이 꼬질꼬질한 허수아비처럼 보였다. 이젠 소장도 돈이 궁해 그녀에게 술도 안주도 사주지 않는 모양이었다.

"이제 도시락 주는 사람도 없어! 돈이나 벌어와, 이

아줌마야!"

멀찍이 엄마의 모습을 발견한 리아는 소리를 빽 질렀다. 드문 일이었다. 엄마를 싫어하긴 했어도 리아가 먼저 시비를 거는 일은 거의 없었다. 익어가는 쓰레기에서 뿜어져 나오는 열기와 냄새, 그리고 굶주림이 주민들의 불쾌지수를 한계까지 끌어올려 성격조차 왜곡시켰다.

"돈 벌려고 하잖아, 이 쌍년아!"

당연히 엄마도 거칠게 응수했고, 리아는 그녀의 카랑카랑한 목소리를 듣자 오히려 기분이 나아졌다. 리아 일행은 시민단체가 지급한 물 한 통과 떡 한 팩을 들고 쓰레기 광산을 나섰다. 아무 데나 가서 에어컨 바람이라도 쐬지 않으면 이대로 죽을 것만 같았다. 생계의 문제를 압도하는 생존의 문제가 닥쳐오자 그들의 머릿속에서 카지노에서의 일들은 지워져버리고 말았다. 마이닝 머신이 모셔져 있는 컨테이너에도 한동안 들어가지 않았다. 카지노 마스터와의 한판 대결로 2억이라는 돈을 쥐어봤던 일은 이미 먼 옛날에 꾼 꿈처럼 희미해져버렸다.

12

게임에 완벽하게 몰입하도록 설계된 동광 카지노에서 바깥 풍경을 볼 수 있는 곳은 2층에 위치한 직원용 휴게실 창이 유일했다. 명서진 실장은 그곳에 서서 액상 담배를 빨아들였다. 실내는 금연이었지만 그녀가 카지노의 이인자이기 때문에 허용되는 사소한 일탈 행위였다. 열기 때문에 창밖의 모든 것이 비명을 지르는 것처럼 느껴졌다. 명서진은 그런 것들에 동요를 느끼지 않았다. 쓰레기 광산에 대해서도 마찬가지였다. 정소열과 박리아의 비밀스러운 대결이 끝난 뒤 가장 바빠진 사람은 명서진 실장이었다. 흥신소에서 사람을 고용해 리아 일행의 뒤를 캐게 했지만 정소열과의 접점은 발견할 수 없었다. 대신 그 애들의 출신과 신분에 대해서는 확실히 알아낼 수 있었다. 쓰레기 광산에서 나고 자란 그들은 의무교육조차 중도 포기한 뒤 자신들의 부모와 같은 쓰레기 인생길로 접어들고 있었다. 단 하나 어른들과 다른 게 있다면 그 애들이 비정상적으로 높은 도박 승률을 가졌다는 것인데, 비결을 알아내는 데 그리 오랜 시간이 걸릴 것 같진 않았다. 돈을 받아낼 때 채무자의 주변 사람부터 공략하는 사채업자들의 수법처럼, 명서진도 쓰레기 광산 마을부터 전방위로 압박할 계획이었다. 알아볼수록 쓰레기 광산은 부패한 곳이었다. 허용치를 초과한 오염 물질이 매일같이 폐수로 흘러나오고 규격을 지키지 않은 폐기물 거래가 매일같이 이루어져도 감시하는 사람조차 없었다. 환경공무원들은 뒷돈을 받고 이 모든 것을 눈감아주는 모양이었다. 공무원과 주민대표, 폐기물업자가 서로의 이권을 챙겨주며 공생관계를 맺은 사이 주민들은 개판으로 살아가고 있었다. 무단으로 끌어온 전기를 사용하고, 기부받은 폐기 음식들로 배를 채우고. 그러다 어느 날 원인도 모를 병으로 죽는 것이었다. 명서진은 쓰레기 광산 마을의 썩은 유착 관계를 증거와 함께 일목요연하게 정리해 정부 기관에 투서를 넣었다. 그뿐만 아니라 이곳 주민들의 밥줄 역할을 해온 정평읍 편의점 점주 연합회에 접촉해 기부될 예정인 도시락을 모두 사들이기까지 했다. 곧 쓰레기 광산에는 피바람이 몰아칠 예정이지만 명서진은 일말의 죄책감도 들지 않았다.

"앗, 실장님 안에 계셨습니까?"

막내 딜러가 문을 열자마자 뒤돌아 나가려 하는 게 보였다. 명서진은 너그러운 말투로 그를 불러 세웠다.

"이제 나갈 거야. 들어와서 편히 쉬어."

"아, 넵."

"마스터는 특별한 움직임은 없는 것 같니?"

"늘 똑같습니다. 쓰레기 광산 일에 대해선 전혀 모르시는 것 같아요."

"그래. 너희는 아무것도 걱정하지 마."

명서진은 자신이 하는 일이 공익을 위한 일이라고 몇 번이나 되뇌었다. 카지노가 들어서기 전의 동광시는 전국에서 가장 낙후된 시였다. 이 지역 실업계 고등학교에서 3년 내내 전교에서 선두권 성적을 유지하던 명서진이 졸업 후 취직할 수 있는 곳이라곤 물류센터 창고가 유일했다. 에어컨을 틀어 전기요금을 내는 것보다 일사병으로 쓰러진 노동자의 병원비를 대는 게 값싸다고 판단한 고용주 덕분에 한여름에 그곳의 온도는 42도였다. 동광시의 수많은 청춘이 그곳에서 일하다 시들어갔다. 복권 당첨이나 먼 친척의 유산 상속 같은 행운만이 그들의 인생을 구할 수 있었지만 약자들에게는 작은 기적조차 일어나는 법이 없었다. 그것이 이십대를 보내는 내내 명서진이 깨달은 빌어먹을 진리였었다. 인간답게 살기 위해 명서진은 스스로 살길을 개척해나가는 수밖에 없었다. 동광 카지노에 고용된 노동자들 대부분이 그와 비슷한 이력을 지니고 있었다. 그들의 생계 터전인 카지노를 지키기 위해 명서진은 이보다 더한 일도 할 수 있었다.

만에 하나라도 리아와 친구들이 요사스러운 신통력을 발휘해 동광 카지노를 이기고 큰돈을 따 간다면, 그건 카지노의 위기일 뿐만 아니라 명서진의 가치관에 대한 도전이 될 것이다. 명서진은 이 쇠락한 도시의 황폐한 현실을 인내와 노력만으로 벗어나고자 했던 자신의 삶이 철부지들에 의해 기만당할 것 같다는 생각이

들 때 참을 수 없었다. 아직 꺼지지 않은 박리아라는 불씨가 카지노에 화재를 내지 않도록 그녀는 몇 번이고 밟아서 끌 계획이었다.

그 땡볕 아래에서 리아 일행은 버스 터미널을 배회하고 있었다. 동냥질을 해본 경험이 없는 그들은 개중에 가장 진입장벽이 낮은 방식의 구걸을 선택했다. 아무나 인자해 보이는 사람을 붙잡고 차비를 빌려달라고 애원해보는 것이었다. 사람들 대부분이 불쾌한 표정을 지으며 돌아섰지만 드물게 따듯한 반응을 보이는 사람도 있었다. 백발에 작은 금테 안경을 낀 할머니는 리아를 보더니 자기 손녀가 생각난다며 걱정 어린 말을 해줬다.

"너희들 어른들이 시켜서 나온 거야? 학교는 안 다녀? 혹시 누가 억지로 시키는 거면 할머니한테 말해. 경찰서에 아는 사람도 있어."

할머니는 리아 일행을 중학생 정도로 보고 쓸데없는 걱정을 한 것이었다. 리아가 사실 자신들은 어엿한 성인이라고 하자 할머니는 태도가 돌변했다.

"그럼 사지 멀쩡한 놈들이 일을 구해야지 여기서 차

비나 꾸러 다녀? 저기 비닐하우스 가봐라, 일할 사람이 없어서 지구 반대편 외국인들 데려다가 말도 안 통하는데 일 시키고 있구만."

할머니의 목소리가 점점 커지며 사람들의 이목이 집중되자 리아 일행은 도망치듯 터미널을 빠져나와야 했다.

"쉽지 않네."

"쉽지 않지 그럼, 리아 네가 성인이라고 쓸데없는 말을 해서 공쳤잖아. 끝까지 애처럼 굴었어야지."

"아동 학대로 경찰에 신고라도 할 기세던데 어떻게 그래!"

리아 일행이 하루 종일 터미널에서 건진 거라곤 누군가가 음료 자판기에 넣어놓고 깜빡한 거스름돈 3천 원뿐이었다. 그걸로 음료 두 캔을 뽑아서 먹을 수는 있었지만 저녁 식사가 이것뿐이라고 생각하니 리아 일행은 걸을 힘조차 나지 않았다.

소득도 없이 쓰레기 광산에 돌아오는 길은 그래서 더 지루했다. 밤에도 늘 물건을 실어 나르는 트럭들이 흙바람을 일으켜 리아 일행은 길 바깥쪽에 일렬로 붙어 마을로 걸어가곤 했는데, 업자들의 발길이 끊긴 지금은 그런 것도 없었다. 저 멀리 쓰레기 광산 마을에서 나오는 빛에만 의지해 가로등도 나가버린 비포장도로를 걷고 또 걸었다. 리아는 안 좋은 직감이 들었다. 구멍이 뚫린 왼쪽 신발 엄지발가락 쪽으로 반갑지 않은 바람이 느껴졌다. 신발에 뚫린 구멍과 양말에 뚫린 구멍이 일치해버린 것이다. 쓰레기 광산에 살아도 지켜야 할 마지막 자존심이라고 생각해서 각별히 신경 써왔는데, 그게 어긋나는 날에는 꼭 재수 없는 일이 터지고 말았다. 신발의 구멍 때문일까, 리아 일행이 마을 근처에 왔을 때 심상치 않은 일이 일어나고 말았다. 산이 무너지는 것 같은 엄청난 소리가 마을 쪽에서 들려온 것이다. 흙과 돌에서 나는 둔탁한 소리가 아닌, 금속과 금속이 부딪쳐 나는 신경질적인 파열음 때문에 리아와 친구들은 그 소리의 정체가 뭔지 직감할 수 있었다. 들어오는 쓰레기만 많고 나가는 쓰레기가 없으니 마을의 폐기물 산은 나날이 높아져만 가고 있었다. 마을에 오래 산 사람들은 다들 혀를 차며, "저러다 금방 무너져서 누구 하나 골로 가지"라고 말하곤 했다. 리아 일행은 누가 먼저랄 것도 없이 뛰기 시작했다. 숨에선 피 냄새가 났고 텅 비어 있던 배는 쓰려오기 시작했다. 잘 먹질 못하니 체력도 많이 떨어져 있었다.

마을에 도착했을 때, 리아는 그 소리가 어디서 났는지 단박에 알 수 있었다. 컨테이너 숙소 뒤쪽, 리아 일행이 주로 일하는 가전 폐기물 산이었다.

"핸드폰 가진 사람 없어? 누가 119 좀 불러요! 소장은 뭐 하는 거야?"

쓰레기 광산 사람들이 무너져 내린 폐기물 더미 앞에서 고함을 치고 있었다. 리아는 어떻게 행동해야 할지 몰라 멍하니 지켜보고만 있었다. 사람들은 쌓여 있는 가전 쓰레기를 손으로 치우기 시작했고, 협동 작업이 시작된 지 20여 분 만에 더미 아래에서 누군가를 끄집어냈다. 리아는 그 사람을 보고 온몸이 떨려오는 것을 느꼈다. 엄마였다.

"이 아줌마가 여기 왜 나와 있었대? 코빼기도 보기 힘들던 양반이."

"아침부터 왔다 갔다 분주하던데? 돈 벌려고 그랬나? 지금 동네 사정도 모르고."

리아는 사람들이 수군대는 소리가 귀에 들어오지 않았다. 리아가 듣고 싶은 건 오직 엄마의 목소리였다. 하지만 마치 잠든 사람처럼 눈을 감고 고요한 표정을 짓고 있는 엄마는 숨소리조차 내지 않았다. 리아의 귀에는 뿌옇게 뭉개진 고함만 맴돌 뿐이었다. 이윽고 도착한 구급차가 들것에 엄마를 실어 갔고, 리아도 사람들의 손에 등 떠밀려 엉겁결에 구급차에 올라탔다.

엄마의 상태가 어떤지는 리아가 물어보기도 전에 구급대원이 말해줬다.

"숨이 멎었는데요. 얘, 너 말고 다른 형제나 아빠는 없어?"

리아는 묻는 말에 제대로 대답할 수 없었다. 정말로 중요한 정보가 앞 문장에 담겨 있던 것 같은데, 뒤 문장이 다급하게 대답을 재촉하고 있어 정신을 차릴 수가 없었다. 겨우 입을 연 리아는 엉뚱한 말을 했다.

"엄마는 절 혼자 낳았는데요? 버거리아 화장실에서."

그 뒤로 아무 말도 오가지 않았다. 엄마의 손목을 잡고 있던 리아는 점점 차가워지고 딱딱해지는 감촉을 느낄 수 있었다. 그 감각을 통해 리아는 엄마의 상태를 확실히 알 수 있었다. 누구의 말과 고함보다 확실한 신호였다.

엄마의 죽은 몸이 처분되는 절차는 그리 오래 걸리지 않았다. 응급병실의 당직의는 잠시 엄마의 상태를 살핀 후 피곤한 얼굴로 한마디 던지고는 가버렸다.

"사망하셨습니다."

바로 옆 동에 있는 영안실에 시신이 안치되었고, 직원들이 쫓아와서 여전히 멍한 상태의 리아에게 장례는 어떤 식으로 치를지 등을 물었으나 리아는 대답할 말이 없었다. 정신을 차려 보니 리아는 영안실 앞 벤치에 앉아 있었다. 곧이어 배불뚝이 소장과 시청 복지과 직원이라는 중년 남자가 나타났다. 그들은 이 죽음을 수습할 권한을 지닌 것처럼 병원 직원들과 길게 얘기를 나누더니 리아 앞에 와서 섰다.

"장례는 올 사람도 없고 돈도 드니까 여기에 며칠 있다가 바로 화장터로 모시기로 했다."

"제가 뭘 해야 돼요?"

리아는 그들에게 자신이 할 일은 무엇인지 물어야

하는 처지가 싫었다. 잠시 한숨을 내쉬던 소장이 몸을 굽혀 앉아 있던 리아의 손을 잡았다.

"리아야, 엄마랑 마지막 인사하자."

리아는 소장과 함께 영안실로 들어갔다. 병원 직원은 진열대에서 냉동육이라도 꺼내듯이 손잡이를 당겨 엄마의 시신을 보여줬다. 소장은 주책스럽게 흐느꼈다.

"어휴 참. 미련하게 굴지 말라니깐. 사람 앞길 한 치도 모르겠네."

복지과 직원은 언제 봤다고 그러는 건지, 소장의 어깨를 토닥이며 침통한 표정을 지었다. 리아는 눈물이 나지 않았다. 도박에서 돈을 잃었을 때는 값싸게 문을 열던 눈물샘이, 엄마의 주검 앞에서는 어쩐지 비싸게 굴었다. 리아는 창백해진 엄마의 얼굴을, 천으로 덮인 몸의 윤곽과 그 옆에 드러난 가느다란 팔을 한참 내려다봤다. 낯설게 느껴지는 모습이었다. 엄마는 희고 매끈한 피부를 가진 사람이었지만 이제 그 얼굴에는 기미와 잡티, 그리고 성질을 있는 대로 부리느라 생긴 주름이 깊게 패 있었다. 분진과 오염 물질을 뒤집어쓴 피부는 늘 벌겋게 두드러기가 올라와 있었다. 그 모든 오염이 살아 있다는 증거였는지, 이제 그런 소란함도 들 끓음도 없었다. 엄마는 너무나 작아 보였다. 이 작은 몸이 엄마에게 즐거운 일만을 겪게 해줬을까? 오히려 그 반대일 것이다. 리아는 자신이 태어났을 그 여름날의 화장실을 떠올렸다. 배설물과 피, 핏덩이 속의 막중한 책임, 그리고 통증. 그것들은 그날 이후로도 엄마의 질 긴 동반자였을 것이다. 쓰레기를 실어 나르는 트럭처럼, 엄마의 몸은 이 세상에 있는 고통을 지고 운반하는 수용체 역할만을 한 것 같았다. 그리고 그 의무에서 해방되어 드디어 자유를 얻은 나른한 껍데기가 이제 철제 침대에 누워 있었다. 축하할 일은 아니었지만 슬퍼할 일도 아니었다. 엄마는 죽었다. 세상과 싸울 힘이 없어 딸에게 빨리 적당한 남자랑 잠을 자라고 재촉이나 했던 그 엄마가 죽었다. 리아는 끝내 눈물을 생산하는 데 실패한 채 고개를 돌렸다.

"리아야, 배고프지? 뭣 좀 먹자."

소장과 복지과 직원은 응급실 앞에 택시를 불러 작은 식당으로 리아를 데리고 갔다. 택시 기사들이 자주 들르는 순대국밥집이었다. 두 사람이 수육을 시켜놓고 소주를 비우는 사이, 리아는 순대국밥을 두 그릇이나 뚝딱 해치웠다.

"네가 리아라고 했지? 네 엄마가 널 버거리아에서 낳았다고 리아라고 했다며?"

복지과 직원은 벌게진 얼굴로 리아에게 물었다. 리아는 처음 보는 사람이었지만, 그는 마을 사정을 속속들이 알고 있는 사람처럼 보였다. 리아는 그의 얼굴을 쳐다보지도 않고 대답했다.

"실화예요. 제가 거기 화장실에서 태어났으니까."

"말은 그렇게 하는데, 아닐거야. 네 엄마 이름이 김정아잖아. 성씨는 못 물려줘도 돌림자는 물려주려고 리아라고 지은ㅍ거 아니겠어?"

복지과 직원이 꺼낸 말에 소장은 의외라는 듯 되물었다.

"리아의 '아'가 자기 이름의 '아'예요? 그럼 '리'는?"

"'리'는 그 이치에 밝다 할 때의 '리'겠지. 다 뜻이 깊은 이름이라니까."

"순우리말 이름이던데 무슨 소리예요? 저 주민등록증도 만들어서 다 알고 있거든요."

리아가 퉁명스럽게 대답하며 아저씨들의 입을 막아 버렸다. 하지만 왠지 그들의 대화가 기분 나쁘지는 않았다.

리아는 배 속에 순댓국을 가득 채우고선 새벽이 되어서야 쓰레기 광산에 돌아왔다. 마을 입구에서 상돈과 다은이 죽상을 하고선 서성대고 있었다.

"리아야, 엄마는?"

리아는 자신을 낳아준 사람이 구급차 안에서 생명을 잃었고, 장례를 치를 비용이 없어서 시체안치소에 두었다가 화장하기로 했다는 얘기를, 그리고 자신은 생각보다 덤덤하고 슬프지도 않았다는 말을 침착하게 전했다. 얘기를 들은 상돈과 다은은 꺼이꺼이 울기 시작했다. 리아가 포장해 온 이인분의 순댓국은 쳐다보지도 않은 채 리아를 안았다가 바닥에 주저앉았다가 하며 슬프게 울었다. 리아는 자신이 못 흘린 눈물을 친구들이 대신 흘려주는 것 같아서 가슴 한구석이 시원해졌다.

13

리아에게 엄마를 잃은 후유증은 뒤늦게 찾아왔다. 그날, 밤늦게 영안실에서 돌아온 뒤로 리아는 한 번도 엄마와 함께 살던 컨테이너에 들어가지 않았다. 잠은 마이닝 머신이 돌아가고 있는 컨테이너에서 대충 구겨 져 잤다. 기계가 뿜어내는 엄청난 열기 때문에 온몸에 서 땀을 주룩주룩 흘려대면서 씻지도 않았다. 이제는 신발과 양말에 구멍이 두 개가 되든 세 개가 되든 신경 도 쓰지 않았다. 리아의 몰골은 몇 주 만에 동광 카지노 인근에서 노숙하는 거지와 다를 바 없게 되었다. 수익 이 끊긴 리아 일행은 터미널에서 구걸하는 일을 본업 으로 삼았다. 새 돈벌이에 리아의 행색은 본의 아니게 도움이 되었다. 사람들은 리아를 보고 정말 도움이 필요한 아이라고 생각하며 현금을 척척 건네줬다. 문제는 리아의 몸에서 나는 냄새가 상돈과 다은을 못 견디게 할 지경에 이르렀다는 점이었다. 그들의 주거지인 쓰레기 광산에서 늘 불쾌한 냄새가 올라오기 때문에 면역이 될 법도 했지만, 사람의 몸에서만 나는 동족 살결 특유의 찌든 냄새는 참기 힘든 것이었다.

"리아 너 냄새나. 좀 씻어."

다은이 단호하게 말했다. 리아도 자신이 왜 이러는지 이해할 수 없었다. 살기는 거지처럼 살아도 행색마저 거지처럼 하고 다니는 건 죽기보다 싫어했던 리아였다. 낡은 수도에서 나오는 녹물에라도 머리를 감았고, 하늘에서 떨어지는 빗물에라도 몸을 씻으려 했다. 하지만 이제는 생떼를 쓰는 어린아이처럼 자신을 방치했고, 그 방치에서 오는 해방감에 안겨 뒹굴어대고 있었다. 그러나 생떼를 받아줄 사람이 아무도 없다는 걸 리아는 잘 알고 있었다.

리아는 터미널 대합실 벤치에 기대어 다리를 쩍 벌린 채 고개를 뒤로 젖혔다. 멀찍이 앉아 있던 사람들마저 슬금슬금 자리를 피하기 시작했고, 상돈과 다은도 먼저 가보겠다며 발길을 돌렸다. 리아는 배고픔도 느끼지 않았다. 대신 그 자리를 채운 것은 무한한 허전함이었다. 터미널 벽면에 매달린 아날로그시계가 밤 10시 30분을 가리키고 있었다. 막차도 끊기고 역무원들이 노숙자들을 내보낼 시간이었다. 그때 리아의 귀에 낯선 목소리가 들려왔다.

"네가 박리아 맞니?"

리아는 벤치 등받이에 걸쳐놓은 고개를 들지도 않은 채 눈동자를 살짝 돌려 소리가 나는 곳을 흘겨봤다. 리아의 대각선 뒤쪽 의자에 명서진이 앉아 있었다.

"누구세요?"

당연한 질문이었다. 리아는 눈앞의 존재가 누구고, 자신과 어떤 관련이 있는지 전혀 가늠이 되지 않았다. 쓰레기 광산 주민들이 밥을 굶고, 자신과 친구들이 구걸을 하는 처지가 되고, 엄마가 무너진 쓰레기 더미에 파묻혀 죽게 된 원인이 모두 이 한 사람 때문이라는 것을 리아는 까맣게 모르고 있었던 것이다.

"동광 카지노 실장 명서진이라고 해. 넌 우리 마스터랑 잘 아는 사이 같더라."

"그 저승사자같이 생긴 아저씨요? 내가 그 사람을 어떻게 알아요? 괜히 맞붙었다가 돈만 잃은 게 다지."

"정말 도박만 한 사이라고? 그 말을 믿어도 될까?"

"보면 몰라요? 지금 돈 한 푼 없어서 구걸 중인 거."

리아의 말은 진실되다 못해 필사적으로 들렸다. 명서진은 이제 리아와 정소열이 한통속이라는 가설을 폐기했다. 하지만 그것만으로는 조금 부족했다.

"지금 너희 동네 사람들 상황이 영 좋지 않지? 내가 도와줄 수도 있어. 네가 약속 하나만 해주면."

"무슨 약속이요?"

"다신 도박장에 오지 말고 다른 지역에 취직해서 일을 해. 자진해서 동광 카지노 영구 출입 금지 각서에 서명을 하면 너희 셋 일자리 정도는 내가 알아봐줄 수 있어."

리아는 벤치에 기댔던 고개를 처음으로 꼿꼿이 세우고 몸을 돌려 명서진을 똑바로 봤다. 리아의 머리가 빨리 돌아가기 시작했다. 리아는 누군가를 적대적으로 인식하면 바퀴벌레만큼이나 판단력이 빨라졌다.

"아줌마예요? 우리 동네 사람들 괴롭힌 사람이?"

"넘겨짚지 마. 내가 무슨 힘이 있어서 그러겠어?"

명서진은 부정했지만 그게 거짓말이라는 것쯤은 금세 알 수 있었다.

"동네에 엿같은 일이 계속 있었어요. 우린 밥도 굶고 쓰레기 일도 막혀버리고. 쓰레기 산이 너무 높이 쌓여서 사람들이 걱정했는데, 무너진 쓰레기 더미에 깔려서 우리 엄마가 죽었어요. 내가 그걸 다 합친 것보다 더 화나는 게 뭔지 알아요? 지금 내가 주먹 쥘 힘도 없어서 아줌마 얼굴을 갈겨버리지 못하고 있다는 거예요. 만약 하루라도 일찍 만났으면 아줌마는 여기서 걸레짝이 될 때까지 처맞았을 줄 알아요."

생기 없는 눈으로 명서진을 보며 리아는 흥분도 하지 않고 중얼대듯 말했다. 명서진은 고개를 절레절레 저으며 잠시 눈을 감았다.

"네 어머니 일은 유감이야. 그 모든 걸 내 탓으로 돌리진 말아줬으면 좋겠어. 결국 네 결론은 내 제안을 못 받아들이겠다는 거니?"

"못 받아들이겠어요. 일자리 같은 거 필요도 없어요. 다시 그 망할 카지노에 가서 다 털어줄 거예요."

명서진은 리아의 매서운 눈빛에도 아랑곳하지 않고 그녀의 눈동자를 들여다봤다. 명서진도 갓 스무 살 된 소녀에게 져줄 만큼 호락호락한 삶을 살아오지 않았다. 리아의 눈에서 보이는 것은 결연한 의지가 아니라 좌절한 사람의 오기뿐이었다.

"네가 가진 패가 형편없을 땐 후퇴하는 게 이기는 거야. 넌 도박사로서 실수했어. 앞으로 벌어질 모든 일은 후회뿐일 거다."

명서진은 리아에게 살벌한 경고를 남기고는 자리에서 일어났다. 걸음이 빠른 명서진은 금세 터미널 건물을 빠져나가버렸고 리아는 곧 터미널에 혼자 남았다. 청소부도 역무원도 보이지 않았다. 리아는 갑자기 긴 낮잠에서 깨어난 기분이었다. 몸은 노곤하고 밤은 깊었지만 정신은 또렷했다.

리아는 그날 새벽, 실로 오랜만에 쓰레기 광산 한가운데에 있는 공용 샤워장에 들어갔다. 리아가 도박에서 딴 돈으로 만든 지 한 해도 안 지난 샤워장이 사람들이 엉망진창으로 쓰는 바람에 처참한 몰골이 되어 있었다. 리아는 락스 한 통과 배수구 세척액을 다 부어 막혀 있는 배수구를 뚫고는 미끄덩거리는 바닥에 서서 샤워기 물을 맞았다. 조각조각 나 있던 마음이 발밑에 모여들어 겨우 형체를 찾는 느낌이었다. 한동안 잊고 있던 사명 같은 것이 머릿속에 선명해졌다. 이 지긋지긋한 마을을 떠나야겠다는 생각이었다. 방법은 아무리 생각해도 동광 카지노에서의 한판 승부밖에 없었다. 누군가는 그렇게 당해놓고 또 도박이냐고 할 수도 있겠지만, 리아는 자신이 멍청한 노름꾼들과는 근본적으로 다르다고 생각했다. 그들은 미신을 섬겼지만 리아가 따르는 건 법칙이었다. 인과를 설명할 수 없다는 점에서 둘은 같았지만 결정적인 차이가 있었다. 결과였다. 마이닝 머신이 틀리지 않았다는 것은 참담하게 패배한 지난 승부에서도 입증된 사실이었다. 그날 리아는 졌다. 그러나 그 패배는 법칙 때문이 아니라 리아가 멍청하기 때문에 생긴 거였다.

리아는 거의 한 달만의 샤워를 마치고 컨테이너로 돌아왔다. 그리고 한동안 거들떠보지도 않고 있던 모니터를 켜서 그간의 데이터들을 살펴봤다. 머신은 성실하게 하루도 빼놓지 않고 도박의 법칙에 관한 문장들을

뽑아내고 있었다. 리아는 문장 자체가 엉켜버리거나 쓸
모없어 보이는 데이터들을 제외하고 하나씩 선별해 한
파일 안에 정리했다. 어떤 도박에 다시 도전할 것인지,
어떤 방법으로 도박 자금을 마련할 것인지는 내일부터
계획을 세울 예정이었다.

　다음 날 리아가 눈을 뜨자마자 달려간 곳은 버거리
아였다. 몸에 남은 비누 냄새가 쓰레기 냄새로 덮이기
전에 최대한 단정한 상태로 그곳에 가고 싶었다. 리아
는 여느 때처럼 메뉴판 앞에서 멈춰 서는 대신, 매니저
가 있는 주방 안쪽의 사무실까지 직진해서 들어갔다.

　"알바하고 싶어서 왔어요. 어느 타임에 무슨 일을 하
든 상관없으니까, 아니 최저시급까지 안 줘도 상관없으
니까 일 시켜주세요."

　아무리 생각해도 제대로 된 일자리를 구해야 도박장
에 다시 가볼 수 있을 것 같았다. 하얀 얼굴에 빨간 뿔
테안경을 쓴 통통한 매니저는 잠시 당황하는 표정으로
리아를 바라봤다. 그가 입을 열면 부정적인 말이 먼저
튀어나올 것 같아서, 리아는 얘기를 덧붙였다.

　"굶어 죽을 것 같아서 온 거예요. 제가 쓰레기 광산

출신이라 의심 가는 건 알겠는데요, 주민등록증도 나왔고 거주지도 분명해요. 일 시켜주면 잘할게요. 일자리만 있다면 안 도망치고 일할 사람 두 명 더 데려올 수 있어요."

매니저는 무슨 상황인지 알겠다는 듯, 잠시 숨을 고르더니 침착하게 말을 꺼냈다.

"왜 왔는지는 알겠어요. 고등학교는요?"

"고등학생 아니니까 걱정 안 하셔도 돼요. 졸업할 나이예요."

"그런 걸 물어보는 게 아니라 졸업장 있는지 물어보는 거예요. 우리가 내부 방침상 최소한 고졸은 돼야 뽑고 있어서."

리아는 금세 말문이 막혔다. 설마 이런 곳에서 좌절하게 될 줄은 상상도 못 했다. 멀쩡한 아이들에게 학교가 감옥이라면 쓰레기 광산 아이들에게 학교는 지옥이었다. 쓰레기 마을 출신이라는 오명 때문에 제대로 된 친구 하나 사귀기 힘들고 폭력의 표적이 되기 일쑤였다. 학교에서 당하는 온갖 부당한 일들을 하소연해봤자 그들을 지켜줄 제대로 된 부모가 없으니 해결되는 게 없었다. 교사조차 그들을 등한시했다. 리아는 자연스럽게 학교를 중퇴할 수밖에 없었고 그 사정은 상돈이나 다은도 마찬가지였다. 세상이 놓은 덫은 리아의 앞길을 한 번 더 막았다. 매니저는 표정을 구기며 서 있는 리아의 등을 토닥이더니 하나도 도움이 안 되는 격려의 말을 건넸다.

"검정고시라도 봐요. 시청에서 가정 형편 어려운 아이들한테 무료로 교육도 해준다는데, 맘먹고 공부하면 금방 딸 거예요."

매니저는 리아를 홀로 데리고 나온 후 공짜로 콜라 한 컵을 따라줬다. 공짜 콜라는 아주 조금 위안이 되었다. 적어도 말뿐인 격려보단 나았다. 리아는 신발을 질질 끌며 버거리아 구석 자리에 앉아 빨대에 입을 댔다. 이제껏 먹어본 중 제일 맛없는 콜라였다.

콜라를 반쯤 마셨을 때 리아는 맞은편 구석에 앉은 커다란 남자 하나가 자신을 힐끔거리고 있다는 사실을 알아차렸다. 모르는 사람이 분명했지만, 어딘지 익숙한 인상이기도 했다. 남자는 자리에서 일어서더니 리아에게 손을 흔들며 다가왔다.

"리아야, 오랜만이다. 오빠가 좀 변했지?"

목소리를 들으니 단번에 알아볼 수 있었다. 조인재
였다.

14

조인재는 몰라보게 변해 있었다. 호리호리했던 턱
선은 찐빵 같은 하얀 턱살에 묻혀버렸고, 수염은 덥수
룩했다. 셔츠를 찢고 나올 것 같은 배와 두꺼워진 종
아리까지, 전보다 30킬로그램은 더 찐 것 같은 모습
이었다.

"왜 이렇게 살쪘어요?"

리아는 왜 그런 돼지가 됐느냐고 물어보려다 급히
언어를 순화해서 말했다. 인재는 자신감 없는 희미한
미소를 보이며 리아의 맞은편 의자에 앉았다.

"나 잘렸거든. 쓰레기 광산 소장이랑 폐기물업자들
한테 뒷돈 받은 거 다 걸려서. 누가 신고했는지는 모르
겠는데 아주 정황 자료까지 다 준비해서 핑계도 못 대

겠더라고. 그래서 지금 쉬고 있어."

인재가 그런 말을 안 해도 쉬고 있다는 것쯤은 한눈에 알 수 있었다. 평일 대낮부터 패스트푸드점에 수염을 잔뜩 기른 모습으로 앉아 있다니. 리아가 그의 어깨 너머를 힐끔 보니, 인재가 앉아 있던 자리에는 감자튀김이 산더미처럼 쌓여 있었다. 거들먹대던 인재의 말로가 결국 이런 식일 것이라고는 예상했지만 이렇게 빨리 진행될 줄은 몰랐다. 인재는 평생 알 수 없겠지만, 리아는 인재를 이렇게 만든 사람이 터미널에서 만난 그 기분 나쁜 여자, 명서진이란 걸 알아차렸다.

"여기 앉아서 감자튀김 먹는 게 하루 일과예요? 그래서 그렇게 찐 거예요?"

"나름대로 치열하게 구직 중이야. 이건 스트레스 때문에 먹은 거고. 넌 여기서 뭐 하고 있는데?"

"일거리 찾으러 왔다가 거절당했어요. 고졸도 못 된다고. 그럼 어디서 일자리를 구해야 하는지."

주머니에서 핸드폰을 꺼낸 인재는 두툼해진 손가락으로 화면을 몇 번 터치한 뒤 리아에게 내밀었다.

"구직 어플인데, 너도 이력서 등록해줄 테니 써볼

래?"

화면에는 신상명세를 입력할 수 있는 이력서 양식이
떠 있었다. 리아는 얼떨결에 인재에게 핸드폰을 건네받
았다.

"왜 날 돕는 건데요?"

"너한테 미안한 것도 있고, 내가 그 동네에 잘못한
것도 사실이니까. 큰 도움도 아니니까 부담 갖지 마."

"이걸 등록하면 어떻게 되는데요?"

"네 이력서가 마음에 들면 연락이 올 거야."

리아는 처음으로 이력서라는 것을 써봤다. 이름과
주민등록번호를 넣고, 사진이 들어가는 칸을 터치하자
핸드폰 카메라가 자동으로 켜졌다. 리아는 패스트푸드
점을 배경으로 첫 이력서용 사진을 찍었다. 학력란에는
고교 중퇴, 자격증은 없음, 경력 또한 없음으로 넘어가
다 보니 금세 양식을 다 채웠다. 리아는 마지막으로 자
신을 소개하는 칸에 한 문장을 써 넣었다.

쓰레기 광산에서 태어나서 험한 일은 다 잘합니다.

인재는 핸드폰을 돌려받고는 리아의 허름한 경력 사
항을 훑어봤다.

"넌 어리니까 별것 없어도 연락 올 데가 있을 거야. 난 나이가 많아서 그런지 통 연락이 안 오더라마는."

리아는 남은 콜라를 빨대로 한 번에 빨아 먹고는 자리에서 일어났다.

"먼저 가볼게요. 오늘 해 지기 전까진 계속 일자리 구하러 다닐 거예요."

리아가 가게를 나간 뒤에도 인재는 유리창 밖에 시선을 고정한 채 한참이나 그 뒷모습에서 눈을 떼지 못했다. 비쩍 마른 데다 구부정하기까지 해서 왠지 모를 보호본능을 자극하는 리아의 좁은 등은 인재가 쓰레기 광산에서 리아를 처음 본 날부터 매료된 부분이었다. 리아를 향한 마음은 스스로에게도 떳떳하지는 않았다. 그녀가 더러워서 좋았고, 금방 울릴 수 있을 것 같아서 좋았다. 이 애만큼은 자신의 뜻대로 할 수 있을 것 같은 기분이 들었다. 쓰레기 더미 사이에서도 리아의 존재가 빛나 보였던 것처럼, 인재는 자신의 오물 같은 짝사랑도 사랑으로 인정받을 거라고 기대했다. 하지만 그것이 불가능한 일이었음을 지난 몇 달 괴로울 정도로 분명하게 깨달아야만 했다. 자신에게 아무것도 원하지 않는 상대 앞에서 혼자 가슴을 콩당대며 서 있는 것만큼 비참해지는 일은 없었다. 미워했다가, 다시 좋아했다가. 폐가전을 가열하던 드럼통 바닥에 눌어붙은 지저분한 플라스틱 찌꺼기처럼, 분초 단위로 휙휙 바뀌던 인재의 마음에 마지막으로 남은 감정은 미안함이었다. 리아가 원하는 것이 있고, 그것이 자신이 해줄 수 있는 일이라면 뭐라도 나서고 싶었다.

리아는 그날 건강식품 판촉이라도 하는 사람처럼 읍내 상가들을 돌아다니며 아르바이트 자리가 있는지 물어보고 다녔다. 미용실, 당구장, 문구점, 철물점, 한의원까지 무작정 문을 열고 들어가 일자리를 찾았지만 대부분 난색을 표할 뿐이었다. 하나같이 요즘 시대에 이런 식으로 일을 구하는 사람이 있나 하는 표정들이었다. 그래도 구걸하러 다니던 시간보다는 값지게 느껴졌다. 리아는 자신과의 약속대로 해가 질 때까지 구직 활동을 계속한 뒤 집으로 향했다. 다가오는 허기가 무서웠지만 방법은 없었다. 신발 끝만 보고 흙길을 걸어갈 뿐이었다.

리아가 도착했을 때 소장의 컨테이너 앞으로 긴 줄

이 늘어서 있었다. 마을 사람들은 다들 큰 자루를 하나씩 들고 있었고 표정이 밝았다. 한 주민이 리아를 보고 기쁨에 찬 목소리로 외쳤다.

"얘, 너도 빨리 와서 먹어. 폐기 도시락이 다시 왔대! 고물 업자도 다시 들어오기 시작했어!"

생각지도 못한 희소식이었다. 소장의 컨테이너 옆에는 벌써 두세 대의 트럭이 분류한 폐기물들을 실어 나르기 위해 대기 중이었다. 리아는 자신이 자리를 비운 사이에 왜 이런 변화가 일어났는지는 알 수 없었지만 어쨌든 배가 고팠으니 도시락 하나를 받아 순식간에 비워냈다. 인공적이고 들척이는 매운맛과 짠맛, 단맛이 리아의 혀를 감격시켰다. 얼마 만에 하는 제대로 된 식사인지 기억이 가물가물했다. 다 비운 도시락 용기를 버리고 돌아섰을 때 소장이 리아 앞에 서 있었다. 소장은 무엇인가 할 말이 있는 눈치였다.

"리아야, 동광 카지노에서 우릴 도와주겠다고 도시락을 지원해주기로 했어. 고물 업자들도 다시 연결됐고. 근데 문제가 하나 있어. 컨테이너 때문인데……"

"컨테이너가 왜요?"

"알다시피 내가 남는 컨테이너 너한테 빌려주고 있
잖아. 그걸 전부 동광 카지노가 쓰겠다고 했어. 너가 보
관 중인 고물 컴퓨터들도 다 비워줘야 돼."

"고물 컴퓨터라뇨? 마이닝 머신이거든요! 알지도 못
하면서. 그리고 미리 돈도 내놨는데 빼라는 게 어딨어
요?"

리아는 발끈해서 큰 목소리로 물었다. 주민들이 힐
끔거리며 쳐다보자 소장은 난처한 듯 몸을 돌리고 다
른 쪽으로 발길을 옮겼다. 리아는 끝까지 쫓아가며 따
지려 했다.

"그 이상한 여자죠? 카지노 실장인가 하는 인간! 내
가 돈 딸까 봐 무서워서 이렇게 괴롭히는 거라고! 난
절대 못 비워주니까 그렇게 알아요."

소장은 품속에서 하얀 돈봉투를 꺼내 리아의 가슴팍
에 툭 밀었다.

"네가 미리 낸 돈에 조금 더 얹었어! 사실은 이미 물
건 다 빼놨다. 돈을 두 배나 준다는데 어떡하니."

소장은 도망치듯 자기 컨테이너 안으로 들어가버렸
다. 리아는 곧장 전자제품 쓰레기 구역을 향해 부리나

케 뛰어갔다. 창고 앞에는 예상보다 더 처참한 몰골로 리아의 마이닝 머신들이 버려져 있었다.

"누가 내 허락도 없이 건드렸어!"

듣는 사람도 없었지만 리아는 허공에 대고 소리를 꽥 질렀다. 엉킨 전선을 풀고 마이닝 머신 본체와 거기에 데이터를 제공해주던 부속 하드디스크들을 정리하려 했지만 컨테이너 하나를 꽉 채우던 머신을 리아 혼자 힘으로 수습하긴 역부족이었다. 리아가 흙먼지를 뒤집어쓰고 낑낑대고 있을 때 상돈과 다은이 도착했다. 터미널에서 한참 구걸을 하다가 돌아온 길이었다.

"리아야, 너 왜 다 끄집어냈어? 이제 머신도 버리려고?"

"내가 했겠냐, 이 바보 새끼야!"

상황도 모르고 질문하는 상돈에게 화가 치밀어 리아는 악을 쓰며 대답했다.

"동광 카지노에서 이 동네 컨테이너를 싹 빌려갔대. 그래서 밖에 내동댕이쳐놓은 거야. 나 좀 도와줘!"

상돈과 다은은 말없이 리아 옆에 다가와 마이닝 머신 정리하는 것을 도왔다. 마이닝 머신은 애초에 잘 다

듬어진 기성품이 아니었다. 리아와 아이들이 몇 년에 걸쳐 이리저리 모은 하드디스크들을 마구잡이로 연결한 집합체였기 때문에 충격에 대한 완충장치는커녕 먼지를 막아줄 케이스조차 없는 파트가 많았다. 다시 작동을 할지도 미지수인 데다, 이젠 작동시킬 공간도 없었다. 더 큰 문제는 그다음 순간 일어났다. 소나기가 내리기 시작한 것이다. 한두 방울 떨어지기 시작한 비는 가속도를 내더니 이내 사방에서 참방거리는 소리가 들릴 만큼 굵은 폭우가 되었다. 리아는 마이닝 머신 본체만이라도 지키기 위해 기계를 품에 껴안고 빗물을 온몸으로 막았지만, 기계는커녕 리아 자신의 정신조차 수습되지 않았다. 씨팔, 씨팔. 누구를 향하는지도 모를 욕지거리만 입에서 새어 나왔다. 다은과 상돈이 재빨리 다른 쓰레기 산으로 달려가 버려진 비닐을 가지고 돌아왔다. 급한 대로 부속 하드디스크들을 한데 모아 비닐로 덮었으나 그걸로 해결될 문제가 아니었다.

"본체만이라도 우리 집으로 옮기자."

다은이 리아가 품고 있던 마이닝 머신 본체를 빼앗아 번쩍 들었다. 일반적인 데스크톱 컴퓨터에 비해서

1.5배 정도는 큰 크기에 무게도 10킬로그램 가까이 나가는 육중한 물건이었지만 다은은 표정 한번 구기지 않고 척척 걸어갔다.

다은의 컨테이너는 리아와 엄마가 살던 집의 뒤편 1층에 있었다. 쓰레기 광산의 거주지역 중에서도 제일 후미진 곳에 위치해 있어, 누군가 다은의 집 앞을 지나갈 일은 거의 없었다. 열린 문안에서 지저분하게 코를 고는 소리가 들려오고 있었다. 도박 중독자인 다은의 아버지 말고는 그 집에 잠들어 있을 사람은 없었다. 왜소하고 깡마른 아저씨의 몸에서 나오기에는 지나치게 우렁찬 소리였지만 리아의 귀에는 그런 것들이 들리지도 않았다. 다은은 불을 켜지 않은 채 뒤꿈치를 들고 살금살금 걸어 어두운 집 한쪽 구석에 본체를 두고 나왔다.

"천천히 수습하면 돼. 어차피 한동안 쓰지도 못했던 기계잖아."

다은이 걱정스럽게 말했다. 리아의 표정이 곧 사고를 칠 사람처럼 싸늘해져 있었기 때문이다. 마이닝 머신을 향한 리아의 사랑이 얼마나 큰지는 다은과 상돈뿐만 아니라 쓰레기 광산 주민들 전체가 잘 알고 있었다. 왠지 모를 불안감에 상돈은 리아의 팔을 꼭 붙잡았지만 리아는 거세게 뿌리치며 몸을 획 돌렸다.

리아는 쏟아지는 비를 맞으며 진탕이 된 쓰레기 광산을 가로질러 걸었다. 빗방울은 정수리를 때려대고, 지친 몸으로 잠에 빠져든 주민들의 코 고는 소리와 이 가는 소리가 사방의 컨테이너에서 들려왔다. 갑작스러운 비에 놀란 바퀴벌레 무리가 쓰레기 더미에서 튀어나와 이 무더기에서 저 무더기로 사삭대며 이주하는 소리도 들렸다. 운동화 속으로 침투해 들어온 흙탕물이 걸을 때마다 즙을 짜내듯 발목 위까지 튀었다. 1초도 정을 붙일 수 없는 동네였다.

리아는 그대로 두 시간을 걸어 동광 카지노에 도착했다. 주말을 맞은 카지노의 열기는 자정이 가까워오며 최고조로 달아오르고 있었다. 땀과 먼지, 빗물에 절여진 리아는 퀴퀴한 냄새를 풍기며 도박꾼들 사이로 비집고 들어갔다. 좌절한 도박사가 도박장을 엿 먹일 방법은 셀 수도 없이 많았지만 리아의 목표는 단 하나였다. 지난날 리아 일행에게 뼈아픈 패배를 안겨준 VIP룸의 카지노 워 게임 테이블이었다. 모든 테이블 게임에 인파가 구름처럼 몰려 있어 리아의 작은 몸집이 그 틈을 비집고 움직이는 것을 카지노 측에서 금세 알아차리지 못했다. 리아는 한 번도 제지당하지 않고 VIP룸으로 들어가는 데 성공했다. 방은 텅 비어 있었다. 리아는 정소열이 했던 것처럼 테이블 아래의 버튼을 눌러 셔플 기기를 꺼냈다. 테이블 바닥의 뚜껑이 열리며 투명한 플라스틱 몸체가 솟아올랐다. 수억 원의 돈을 따서 인생을 바꿀 수도 있었는데, 찰나의 기로에서 그 기회를 앗아가버린 기계. 리아는 이가 갈렸다. 젖은 발로 테이블을 밟고 올라선 뒤, 셔플 기기를 향해 힘껏 발길질했다. 하지만 손상을 입은 건 강화유리처럼 단단한 기계의 외피가 아니라 리아의 허약한 운동화였다. 리아는 발의 통증을 참으며 계속 셔플 기기를 밟았지만 기계는 꿈쩍도 안 했다. 이윽고, 이 망할 기계에 리아의 증오심을 제대로 보여주기도 전에 등 뒤에서 문이 벌컥 열리는 소리가 들렸다.

15

"내려오세요!"

리아를 제지하러 온 것은 카지노의 막내 딜러였다.
리아는 그를 처음 봤지만 막내 딜러는 리아의 얼굴을
외울 정도로 잘 알고 있었다. 딜러는 단호하게 리아의
발목을 잡고 잡아당겼다. 무슨 발목이 이토록 끈적거리
고 축축한지, 막내 딜러는 순간적으로 큰 파충류나 양
서류를 붙잡은 느낌이 들었다. 리아는 쿵 소리와 함께
테이블 위에 엎어져 개구리처럼 파닥거렸다.

"씨발, 이거 놔! 놓으라고!"

리아는 발버둥 치면서도 주먹으로 셔플 기기를 계속
내리쳤다. 일제히 몇 명의 직원이 달려와서 리아의 팔
다리를 꽉 붙잡는 게 느껴졌다.

"박리아, 그렇게 경고했는데 끝까지 철없이 굴 거야?"

리아가 뒤를 돌아보니 명서진이 문 앞에 서 있었다. 담임선생님처럼 책망하는 그녀를 본 순간 리아의 버둥거림은 한층 심해졌다. 작고 마른 몸이 어찌나 힘이 센지, 막내 딜러는 황소개구리가 불판 위에서 난리를 치는 장면을 떠올렸다.

"저년 때문에 우리 엄마가 죽었어! 저년이 우리 엄마를 죽였다고!"

리아는 같은 소리를 열 번도 넘게 내지르며 VIP룸 밖으로 끌려갔다. 카지노 밖으로 끌려 나간 리아는 곧장 경찰에게 인계되었다. 순찰차에 탄 리아는 계속해서 울었다. 옆자리에 탄 순경은 탕진할 가산도 없어 보이는 꾀죄죄하고 냄새나는 여자애가 무엇을 그렇게까지 억울해하는지 이해할 수 없었다.

"학생, 아직 어려 보이는데 진정해요. 저 카지노에서 전 재산 다 날리고도 재활해서 다시 잘 사는 아저씨들 많이 봤어요."

리아는 경찰서에서 사건 경위를 조사받으며 카지노

실장이 쓰레기 광산 마을을 지속적으로 괴롭힌 결과 엄마가 죽었고, 자신이 가장 아끼던 마이닝 머신이라는 기계마저 쓰레기들 틈에 내팽개쳐졌다고 얘기했다. 하지만 경찰들은 애초에 그 말을 믿어줄 생각이 조금도 없었다. 그들에게 리아는 주민등록상 주소지도 의심스러운 어린애에 불과했고, 결국 하룻밤 유치장 신세를 지게 되었다. 유치장의 환경이 집보다 나아 보였으므로 리아는 더 이상 저항하지도 않았다. 리아는 깔끔한 회색 콘크리트 벽을 보며 마음을 진정시키려 애썼다. 그리고 어떤 날들을 생각했다. 리아와 상돈과 다은이 어딘가에서 고교 중퇴자도 할 수 있는 아르바이트를 하며 열심히 돈을 모으고 그 돈으로 작은 방을 얻어 밤에는 야식도 시켜 먹는 나날들. 하지만 그런 날들은 영영 오지 않을 듯 멀어 보였다. 너무 평범해서 얘깃거리조차 없는 그런 삶마저 쓰레기 광산에서 나고 자란 리아에게는 잘 그려지지 않았다. 그런 일이 쉬웠다면 셋 중 누구의 엄마나 아빠라도 성공했을 것이다.

자정이 될 때까지 잠을 못 이루고 있던 리아에게 한 방문객이 찾아왔다. 당직을 서던 순경이 유치장 철창

앞에 간이 의자를 가져다 놓자, 가늘고 긴 몸이 그 위에 앉았다. 리아는 고개를 들어 그의 얼굴을 봤다. 동광 카지노의 마스터, 정소열이었다.

"박리아 씨, 오늘 VIP룸에는 무슨 용건으로 오셨습니까?"

"때려 부수러 갔어요. 다 들었을 거 아니에요."

"다 들었고 카지노에선 문제 삼지 않기로 했습니다. 이제 집에 가셔도 될 겁니다."

"하루 자고 갈 거예요. 여기가 차라리 편해서. 할 말은 그것뿐이에요? 설마 용서해줘서 고맙다는 말이라도 들으러 왔어요?"

"개인적인 호기심입니다. VIP룸의 위 게임은 박리아 씨에게 도전할 만한 대상 아니었습니까? 이제 완전히 포기한 겁니까?"

"아저씨 부하 직원한테 물어봐요, 그 재수 없게 생긴 여자. 그 여자가 훼방 놔서 이제 못 하게 됐으니까."

"필요한 게 돈입니까? 돈이 있으면 다시 도전해볼 겁니까?"

리아가 의심스러운 듯 쳐다보자 정소열은 주머니에

서 지폐가 든 봉투를 꺼내 철창 안쪽으로 던져 넣었다. 족히 백만 원은 들어 있을 법한 두께였다.

"아저씨는 무슨 생각 하는 사람이에요? 내가 진심으로 성공해서 동광 카지노를 다 털었으면 좋겠어요? 아니면 내가 패씸해서 내 영혼까지 바싹 졸여서 죽이고 싶은 거예요?"

리아의 질문은 합당한 것이었다. 정소열은 줄곧 카지노의 마스터가 나아갈 방향과는 반대로 향하고 있었으니까. 정소열은 잠시 고개를 들어 머리 위를 봤다. 그곳에는 최근에 LED 램프로 교체한 유치장 조명이 빛을 내고 있었다.

"박리아 씨는 자신의 운명을 누군가 정한 거라고 생각해본 적 있습니까? 박리아 씨가 겪는 모든 일이 어떤 분의 계획이라고 생각했던 적은?"

"이딴 인생이 계획이라고? 내가 태어나서 제일 처음에 겪은 일이 버거리아 변기통에 머리부터 처박힌 거였어요. 아무 죄도 없는 아기가, 우리 엄마의 멍청한 대가리 때문에 그렇게 됐다고요."

"고난 또한 계획 중의 하나입니다. 절망과 원망은 개

인이 느끼는 감정일 뿐입니다. 하찮은 우리는 그 선악에 대해 논할 수 없습니다."

"그래서 어쩌라고요? 다 신의 뜻이다, 이거예요? 그럼 살아서 뭐 해요, 다 정해져 있는데."

"우리는 신의 의지를 미리 알 수 없습니다. 다만 뒤돌아봤을 때 깨달을 뿐입니다. 신성을 의심하는 일은 용납되어선 안 됩니다. 하지만 감히 말하자면 저는 그 믿음의 근거를 찾고 있습니다. 박리아 씨가 동광 카지노에서 했던 일은 제 믿음을 더욱 단단하게 만들어주는 일이었습니다."

"내가 도박을 한 거랑 아저씨가 신 나부랭이를 믿는 게 무슨 상관인데요?"

"박리아 씨는 신의 의지를 미리 엿본 것 같았습니다. 박리아 씨의 베팅은 일반적이지 않았습니다. 제가 평생 본 도박사 중 유일했습니다. 세상을 운행하는 그분의 법칙, 던져지지도 않은 주사위를 진짜로 읽은 사람은 박리아 씨밖에 없었습니다."

그의 얘기를 듣는 동안 리아의 상체는 저도 모르게 정소열에게서 한 뼘 정도 멀어졌다. 정제되고 예의 바른 태도로 내뱉는 그의 말 속에는 치사량의 광기가 묻어 있는 것 같았다. 리아는 굳이 유치장까지 찾아와 철창에 얼굴을 들이밀고 있는 정소열이 왠지 두려워졌다.

"내가 법칙을 완벽하게 읽어서 돈을 따면 세상에 신이 있다는 게 증명된다는 얘기예요?"

"신은 있습니다. 다만 저의 확신이 근거를 갖게 될 뿐입니다."

"그럼 만약 내가 또 도전했는데 다시 지면? 그건 신이 없다는 증거고?"

"신은 있습니다. 다만 박리아 씨를 통해 근거를 얻을 수 없었을 뿐입니다."

"그게 뭐야? 지멋대로잖아요. 믿고 싶은 대로만 믿겠다는 거 아냐."

정소열은 옅은 미소를 띠며 철창에 고개를 더 가까이 댔다.

"바로 그겁니다, 박리아 씨. 저는 승리밖에 없는 도박을 하고 싶은 겁니다. 그러니까 박리아 씨에게 모든 편의와 기회를 제공하고 싶습니다. 그 과정에서 박리아 씨가 돈을 얼마만큼 따는지, 카지노가 어떤 손해를 보는지는 사실 관심 없습니다."

정소열은 의자에서 일어났다. 그의 큰 키 때문에 리
아의 몸 전체에 그림자가 드리웠다.

"부디 유용하게 써주시길."

정소열이 나간 뒤 유치장에 혼자 남은 리아는 비에
젖은 겉옷을 모두 벗어 바닥에 펼쳐놓고는 양손으로
팔베개를 만들어 벌러덩 누웠다. 그리고 상상했다. VIP
룸에서 다시 게임을 치르는 자신의 모습을. 그 모습은
친구들과 아르바이트를 하는 좀 전의 상상보다 훨씬
더 잘 그려졌다.

경찰서를 나서는 정소열을 기다리는 사람이 있었다.
굳이 처마 밑에 들어오지 않고 커다란 장우산으로 비
를 피하고 있던 명서진이었다.

"마스터, 저 꼬마애한테 무슨 할 말이 있어서 여길
찾아온 거죠?"

"선처해주겠다고 한 것뿐입니다. 상심한 고객도 관
용으로 품어주는 게 저희 방침입니다."

"저 애는 고객이 아니에요. 이상한 협잡질로 카지노
를 털어먹으려는 애죠. 잠재적인 위협인데 너무 안일한

거 아닌가요?"

"그런 도전을 받아들이는 곳이 카지노입니다. 만약 털린다면 그건 우리 실력이 부족한 탓입니다. 실장님, 오늘 고생 많으셨는데 일찍 들어가서 쉬십시오."

정소열은 우산을 펼치고 자신의 차를 향해 걸어갔다. 하지만 명서진은 포기하지 않고 그를 뒤쫓았다.

"처음엔 마스터가 저 누더기 같은 여자애와 혈육 관계라도 되는 줄 알았어요. 저 애한테 지고 싶어 하는 딜러처럼 행동했으니까요. 알아보니 그건 아니더군요."

"무슨 말을 하고 싶으신 겁니까?"

"믿음 때문이죠?"

정소열은 걸음을 멈추고 명서진의 얼굴을 돌아봤다. 건드려서는 안 되는 무언가를 건드리기라도 한 듯, 그의 표정이 전에 없이 차가워졌다. 그러나 명서진은 멈추지 않고 몰아붙였다.

"마스터의 이상한 신앙이요. 전 종교는 없지만 잘 알아요. 평범한 교인들은 그렇게 행동하지 않아요. 매일 낮에 금식을 하지도 않고, 사람들과의 교류를 피하지도 않아요. 마스터는 수상할 정도로 엄격하게 신앙심을 시험하고 있어요. 혹시 이 카지노 운영도 마스터의 신앙 생활 중 하나인가요? 그 여자애랑 대결하는 걸 일종의 계시 같은 걸로 여기는 건가요?"

정소열은 처음으로 명서진과의 대화에서 멈칫했다. 그녀가 이토록 자신의 마음을 정확히 꿰뚫어 볼 줄은 몰랐었다. 하지만 정소열은 그 말이 진실이라고 순순히 인정할 만큼 어수룩한 사람은 아니었다.

"과잉 해석입니다, 실장님. 박리아 씨는 분명 독특한 도박사긴 합니다만, 그 도전을 받아들이는 건 다른 목적이 있어서는 아닙니다. 카지노의 의무기 때문입니다."

"마스터. 여기 고용된 3천 명의 직원을 생각해주세요. 낮밤도 없이 카지노에 헌신하고 있습니다. 신이 아무 응답을 안 해주는 순간에도 직원들은 마스터의 대답만 기다리고 있어요."

"실장님, 그 부분은 걱정 마십시오. 카지노는 안전할 뿐만 아니라 점점 더 커질 겁니다."

정소열은 명서진에게 목례를 하고 돌아섰다. 그의 검은 차가 주차장을 떠날 때까지 명서진은 한동안 그 자리에 서 있어야만 했다.

정소열은 집으로 돌아가는 길에 자기도 모르게 횡단보도 신호를 위반했다. 동광시에서는 야간에 보행자를 만날 확률보다 고라니를 마주칠 확률이 차라리 더 높았지만, 정소열은 지금껏 한 차례도 보행신호를 어겨본 적이 없었다. 침착한 표정으로 감추고 있어도 마음의 동요가 결국 밖으로 표출되어 나온 것이었다. 명서진의 말을 곱씹어볼수록 스스로가 정말로 이상한 믿음을 가진 사람이라는 생각이 들었다. 집안의 가업, 장남으로서의 의무, 사소한 교통신호까지. 세상의 모든 법칙에는 의심 없이 순종하면서 정작 신의 존재에 대해서만큼은 직접 확인해보려는 자를 신앙인이라 볼 수 있을까. 하지만 너무나 사랑하기에 그 대상을 자신의 이성으로 헤아려보고자 하는 마음이 드는 것을 어쩌란 말인가. 서둘러 차를 몰아 집으로 돌아간 정소열은 샤워 꼭지에서 나오는 냉수 줄기를 머리에 들이부으며 스스로의 뺨을 쳤다. 마음을 아무리 다잡아도 리아와의 승부를 멈출 용기가 나지 않았다. 정소열은 자신의 사랑에 불순물이 들어 있더라도 신께서 용서해주기를 바라며 기도했다.

리아는 동이 트자마자 잠에서 깼다. 리아가 부스럭대며 채 마르지 않은 옷을 걸치자 당직 순경이 유치장 문을 열어줬다. 순경이 리아를 불쌍히 본 건지, 아니면 다시 카지노에 쳐들어가 문제를 일으킬까 걱정한 건지, 쓰레기 광산까지 순찰차로 리아를 태워다주었다.

마을에 돌아온 리아는 마이닝 머신 본체를 보관 중인 다은의 집에 찾아갔다. 다은의 집 옆을 보니 마이닝 머신에 연결했던 부속 하드디스크들이 전부 한곳에 쌓여 있었다. 비닐로 꼼꼼히 덮어놓은 채였다. 리아가 철없이 카지노에서 난동을 부리는 동안 상돈과 다은이 흙탕물에서 마이닝 머신을 건져놓은 것이었다. 리아는 자신에게 벌이라도 주듯 아랫입술을 세게 깨물었다. 문 앞의 기척을 귀신같이 눈치챈 다은은 리아가 노크를 하기도 전에 문을 열었다.

"본체 잘 있는지 보러 온 거지? 잘 있으니까 걱정 마."

"그런 거 확인하러 온 게 아냐. 너희한테 고맙다고 말하러 온 거야."

다은은 잠에서 덜 깬 얼굴로 푸근하게 미소 지었다.

리아와 다은은 컨테이너 2층 계단에 나란히 걸터앉아

해 뜨는 모습을 지켜봤다. 사람들은 잘 알지 못했지만 그곳은 이 쓰레기 광산에서 일출을 가장 잘 볼 수 있는 명당자리였다. 플라스틱 쓰레기 산과 폐지 쓰레기 산 사이로 해가 고개를 내밀고 있었다. 비가 그쳐 시야가 선명했다. 시력이 좋아진 것 같은 착각이 들 정도였다.

"리아 너 또 도박하러 가고 싶지? 그 카지노 워 게임 말야."

"응. 또 하고 싶어. 어떻게든."

"다른 희망이 없어서 거기에 매달리는 거라면 난 널 도울 수가 없어."

"그게 무슨 소리야?"

"상돈이랑 구걸하러 돌아다니다가 알바 모집하는 전단을 봤어. 전화해봤더니 물류창고에서 물건 정리하고 나르는 일인데 중졸이어도, 외국인이어도 할 수 있대. 언제든 면접 보러 들르라고. 우린 그런 일을 해야 돼."

"하지만 우리가 그런 일을……."

"희망이 아니라 현실이야. 우린 엄마 아빠들처럼 되지 않을 거고, 이 동네 어른들이랑도 다르게 살 거야. 열심히 월급 모아서 여길 탈출할 거야."

리아는 정면으로 비치는 햇빛에 눈을 뜰 수 없어 잠시 고개를 돌렸다. 이상한 아침이었다. 다은이 큰언니처럼 듬직해 보였고, 그녀의 말대로 뭐든 할 수 있을 것 같았다. 유치장에 혼자 있을 땐 상상하는 데 실패했던 평범한 미래가, 다은의 옆에 앉아 있는 이 순간에는 너무나 쉽고 가깝게 그려졌다.

"응. 나도 그 일 할래. 그걸 못 하겠어서 도박을 하려는 건 아냐. 난 그냥 그 카지노랑 승부하는 게 좋아. 이번에 딱 한 번만 도전해보고 싶어. 이기든 지든, 그다음엔 우리 셋이 같이 정당하게 일해서 돈 벌자."

"그럼 나도 같이할게. 근데 생각해놓은 방법이 있어?"

"사실은 카지노에서 보고 온 게 있어."

16

아침이 되어 상돈이 깨어나자 리아는 모두를 모아놓고 그 방법을 얘기하기 시작했다.

"너희는 지난번 승부 때 카지노에 안 들어가서 잘 못 봤겠지만 그 게임은 셔플 기기가 특이했어. 현장에서 바로 새 카드 포장을 뜯어서 섞는 걸 보여준다고. 그런 이상한 기계를 어디서 만드나 궁금했는데, 바로 어제 카지노에서 깽판 치다가 봤어."

리아는 막내 딜러에게 발목을 잡혀 개구리처럼 테이블에 나자빠진 일을 떠올렸다. 시야가 빙글빙글 돌아가던 그 와중에 리아의 눈에 사진처럼 선명하게 포착된 네 글자가 있었다. 바로 셔플 기기의 안쪽 철제 연결부에 음각으로 새겨진 제조사명이었다.

"요한실업이라는 회사에서 만든 물건이었어. 요한실업이 어딘지 기억나? 우리 동광대학교 찾아가던 길에 문 닫은 공장들 있었잖아. 그중에 제일 앞에 있는 공장이었어."

리아가 요한실업을 기억하는 것은 그곳이 대학교 정문인 줄 알고 들어가려다 발길을 돌렸던 일 때문이었다. 동광 카지노는 설립될 당시, 지역 공생발전의 차원에서 동광시에 연고지가 있는 중소기업들의 제품을 적극적으로 활용했다. 하지만 지역 경제의 발전은 동광 카지노 게임장 안에서만 일어났고 협력 업체들 대부분이 폐업한 상태였다.

"셔플 기기를 생산한 업체니까 중요한 게 있을지도 몰라. 데이터 구하러 마지막으로 거기 한 번만 가보자. 근데 너희 시간 뺏으면서 하자고는 안 해. 오늘 물류센터 면접 보고 돌아오는 길에 들르자는 거야."

상돈과 다은도 리아의 말에 동의했다. 셋은 컨테이너 샤워장에서 몸을 씻고 가진 옷 중 제일 깨끗한 옷을 챙겨 입었다. 리아는 정소열에게 받은 돈으로 읍내 상점가에 가서 셋의 신발을 새로 샀다. 세 아이들의 행색은 더 이상 쓰레기 광산 출신처럼 보이지 않았다. 신분증을 챙겨 멀끔한 차림새로 면접을 보러 가는 어엿한 구직자의 모습이었다.

리아가 카지노에서 난동을 부리고 유치장에 들어간 것까지 목격한 명서진은 조금은 미안한 감정이 생겼다. 마을 사람들을 괴롭혀 리아를 압박하려는 의도는 있었지만 리아의 엄마가 쓰레기 더미에 깔려 죽는 일까지는 계획에 없었다. 아무에게도 알리지 않았지만 명서진은 납골당에 찾아가 헌화를 하고 약간의 부조금도 놓고 돌아왔다. 그렇다고 해서 리아에 대한 감시를 완전히 놓은 것은 아니었다. 흥신소에 의뢰해 리아 일행의 근황을 끈질기게 감시했다. 보고에 따르면 리아 일행은 새 일자리를 구한 모양이었다. 몇 번의 쓸데없어 보이는 시도는 있었지만 결국엔 카지노에 도전하겠다는 의욕을 완전히 꺾은 게 분명해 보였다. 그들이 일하기 시작한 물류센터는 명서진이 고등학교를 졸업한 뒤 3년을 일했던 바로 그곳이었다. 그곳엔 여전히 에어컨이 설치되어 있지 않았고, 신분이 밝혀지면 곤란한 외국인

노동자들이나 낙후 지역에서 태어난 불운한 청년들이 진땀과 분진 속에서 일하고 있었다. 명서진은 자신이 겪은 부당함을 똑같이 헤쳐나갈 리아 일행에게 안타까운 마음도 들었지만 이 모든 게 자연스러운 귀결이라고 생각했다. 불행은 공평하지 않고, 사람들은 누구나 자신에게 주어진 몫의 더러움과 치욕을 통해 세상을 배운다. 피하고자 하는 자는 지름길을 찾을 것이고, 이기고자 하는 자는 싸우는 법을 찾을 것이다. 그들이 어느 쪽이든 카지노에서 일터로 관심을 돌린 건 훌륭한 선택이었다. 명서진은 이제 모든 게 끝이라고 생각했다. 리아 일행을 감시하던 흥신소와 거래를 끊고 후배 딜러들에게도 리아 일행을 주의하라는 말을 더 이상 하지 않았다. 거치적대던 일이 해결되고 만사가 안정된 것만 같았다.

리아 일행이 다시 돌아오기 전까지는.

그것은 명서진이 리아 일행의 추적을 포기한 지 3주째 되던 날, 저녁때의 일이었다.

"카지노 마스터 아저씨 불러줘요. 한판 하러 왔으니까."

카지노 입구에서 만난 막내 딜러에게 리아는 당당히 요구했고 그 얘기는 명서진과 정소열의 귀에 들어갔다. 플로어로 내려가는 정소열의 걸음걸이가 평소보다 빠르다는 걸 명서진은 눈치채고 있었다.

"VIP룸으로 들어오시죠. 도전자는 언제든 환영입니다."

정소열과 동시에 현장에 도착한 명서진은 리아의 눈을 보고 섬뜩함을 느꼈다. 한동안 병든 개처럼 초점 없던 리아의 눈이 어느새 또렷한 광채를 뿜어내고 있었다. 아침부터 밤까지 섭씨 40도에 육박하는 창고에서 육체노동을 했을 그들에게 전략을 짤 시간이 있었는지는 모르겠지만 어떤 식으로든 확신이라는 걸 만들어서 온 것처럼 보였다.

"잠깐, 이번 도박은 저도 참관할게요."

명서진이 단호한 목소리로 외쳤다. 정소열의 허락과는 상관없이 VIP룸에 들어갈 계획이었다. 어떤 일이 일어나든 자신의 시야 밖에서 일어나는 것은 용납할 수 없었다.

"좋습니다. 모두 VIP룸으로 가시죠."

정소열은 서둘러 2층 플로어 끝의 문을 열고 VIP룸으로 들어갔다.

정소열과 명서진은 딜러 측 자리에 섰고, 리아 일행은 플레이어 자리에 나란히 앉았다.

"게임머니가 있어야 하는 건 알고 계시죠? 준비는 해오셨나요?"

명서진이 리아를 쏘아보며 말했다. 아직 취업한 지 한 달도 안 된 그들에게 돈 나올 구멍은 없어 보였다. 하지만 그런 명서진을 정소열이 제지했다.

"실장님, 고객들에게 위압적인 말투는 삼가주십시오."

정소열은 이 게임을 어떻게든 빨리 시작하고 싶어 안달이 난 사람 같았다. 명서진은 예상한 그대로 행동하는 정소열이 얄미웠다. 명서진의 속을 뒤집어놓으려는 건지 리아는 한발 더 나아가 뻔뻔한 말을 늘어놓기 시작했다.

"사실 게임머니 때문에 그러는데 조건이 두 가지 있어요. 그걸 들어주셔야 게임을 할 수 있어요."

"무엇이든 말씀하십시오."

"첫째. 테이블 베팅 제한을 없애주세요. 전 이전 판에 딴 돈을 반드시 다음 판에 다 올인할 거예요. 한 판에 얼마 이하로 걸어야 한다는 제한을 없애줘요."

"물론입니다. 이 VIP룸에서는 원래 베팅 제한을 두지 않을 생각이었습니다."

"둘째. 우리한테 딱 1원을 빌려줘요. 그게 내 도박 자금이에요."

"1원? 게임머니가 1원으로 충분하다고 생각합니까?"

"카지노 워 게임은 한 판을 이기면 건 돈의 두 배를 받는 구조죠? 우린 이제부터 정확히 40연승을 할 거예요. 1원으로 2배씩 40연승을 해서 정확히 1조 원을 딸 거예요. 그러니까 이 카지노에 있는 현금을 몽땅 준비해두세요."

명서진은 자신의 고막 상태를 의심했고, 다음으로는 리아의 뇌 상태를 의심했다. 이 카지노에서 일하면서 들은 헛소리 중 가장 허무맹랑한 소리였다. 1조 원을 딸 거라니. 그것도 매 판에 올인을 해서 40연승을 거둬 1원으로 1조 원을 만들겠다니. 명서진은 잠시 암산을 해봤다. 1승째에 1원은 2원이 되고, 2승째에는 4원이, 3승째에는 8원이, 그러다가 10연승째에는 천 원가량이 되고, 20연승에서는 백만 원을 넘어간다. 제곱 승수의 법칙은 무시무시한 것이라, 이후로 단 10승을 더하면 무려 10억 원을 따게 되고, 40연승을 꽉 채운다면 1조 원이 넘는 돈을 손에 쥐게 된다. 2분의 1의 확률 게임에서 패배 없이 40연승을 거둔다는 것이 수학적으로 말이 안 되는 일이라는 것을 명서진은 잘 알고 있었다. 하지만 이 허무맹랑한 제안에는 근거가 있을 것이라 짐작하니 두려워졌다. 명서진은 이 제안을 싹부터 잘라 내야겠다고 생각했다.

"카지노는 대부업체가 아닙니다. 1원이든 만 원이든 빌려주는 건 용납할 수 없어요."

하지만 정소열은 고개를 돌려 명서진을 보더니 입에 검지를 대며 조용히 하라고 지시했다. 숨까지 불규칙하게 쉬며 짓는 그 표정이 하도 기괴해서 명서진은 순간 그가 발기하고 있는 게 아닌지 아랫도리를 살폈다. 셋 중에 제일 맛이 간 사람은 누구도 아닌 이 카지노 마스터 같았다.

"1원을 빌려달라는 제안은 동광 카지노가 아니라 정

소열 개인이 받겠습니다. 흥미롭습니다, 박리아 씨. 어떻게 그런 생각을 하셨는지 여쭤보고 싶습니다."

"난 반드시 이길 거니까요. 아저씨도 잘 알 거예요. 반반 확률에서 40연승이 얼마나 낮은 확률인지. 1조 분의 1이에요. 이 카지노를 고조선 때부터 운영했어도 일어날 일이 없는 확률이에요. 내가 그걸 달성하면 아저씨가 믿는 신이 증명되는 거죠?"

"카지노에 기막힌 우연은 많지만, 1조 분의 1의 확률이라면 의심의 여지 없이 확실해지겠습니다. 박리아 씨가 신의 주사위를 엿봤다는 사실이 말입니다. 잠시 기다리십시오. 게임머니를 가져오겠습니다."

정소열은 VIP룸을 떠나 자신의 공간인 사장실로 갔다. 명서진은 리아와 일행들을 관찰했다. 부정을 저지를 만한 도구는 보이지 않았다. 모자도, 수상한 가방도 없이 리아 일행은 예전의 행색 그대로 가벼운 복장을 한 채 이곳에 왔다. 신경 쓰이는 점은 리아가 귀에 이어폰 한쪽을 꽂고 있다는 것이었다.

"실례지만 그 이어폰은 무슨 용도인지 말해주시겠어요?"

리아는 귀찮은 듯 자신의 귀에서 무선이어폰을 꺼내 명서진에게 내밀었다. 명서진이 귀에 가까이 대보니 무선이어폰에서는 FM라디오의 음악방송이 나오고 있었다.

"내 징크스라서 음악 들으면서 게임하는 거예요. 지난번에도 이어폰 꽂고 게임했으니까 이걸로 시비 걸 생각 말아요."

명서진은 할 말이 없어졌다. 무선이어폰 정도는 이 테이블에서 단속 대상이 아니었으므로 강제로 뺏을 방법도 없었다. 결국 명서진은 이어폰을 리아에게 돌려줬다. 아무래도 리아 일행의 속마음을 알 수 없으니 불안함은 가시질 않았다. 명서진은 잠시 복도로 나가 무전기로 막내 딜러에게 일러뒀다.

"오늘 밤 VIP룸에서 큰 판이 벌어질 것 같아. 대기하고 있다가 내가 지시하면 이쪽으로 와서 뭐든 도와줘."

"알겠습니다, 실장님. 너무 걱정하지 마세요."

명서진은 다음으로 쓰레기 광산의 소장에게 전화를 걸었다. 연결음이 몇 번 울리기도 전에 전화는 즉각 연결되었다. 명서진이 다섯 개의 컨테이너를 모두 빌려

매달 돈을 부쳐준 뒤로 배불뚝이 소장은 명서진 앞에서 하인처럼 굴고 있었다.

"박리아 패거리들한테 이상한 동향 없었어요?"

"네, 네, 실장님. 별 동향은 없었는데요? 그 애들 물류창고에서 일하고 나서는 뭐 매일 새벽같이 나갔다가 밤늦게 돌아오고, 돌아와서는 곧장 집에 들어가서 잠만 잤어요. 왜요? 걔들 또 도박하러 갔어요?"

"그런 건 아실 거 없고요. 혹시 박리아가 평소에 안 만나던 사람을 만나거나 하진 않았어요?"

"낯선 사람은 코빼기도 못 봤어요. 걔들 그 이상한 기계도 창고에서 끄집어낸 뒤로는 다은이 집에서 썩고 있는 것 같던데요."

소장과의 통화가 끝난 후 명서진은 비로소 안도할 수 있었다. 물류창고에서의 노동이 어떤 것인지 누구보다 잘 알았기 때문이다. 퇴근 후에는 조금이라도 나은 곳으로 이직하기 위해 사놓은 영어 문제집을 펼치지만 채 한 문단도 읽기 전에 눈꺼풀이 감겨오고, 저린 팔다리 때문에 외출복도 제대로 못 벗은 채 곯아떨어지기 일쑤였다. 명서진은 리아 일행에게 카지노를 털 만한 정교한 계획이 생겼을 리 만무하다는 결론에 이르렀다. 그렇다면 리아의 호언장담은 허세 이상도 이하도 아닐 터였다.

명서진은 VIP룸으로 돌아왔다. 그리고 이 수상한 게임을 끝까지 지켜보기로 했다. 그 게임 끝에 있을 리아 일행의 당연한 패배 역시 놓치지 않고 감상하기로 마음먹었다.

"그럼 게임을 시작하겠습니다."

정소열의 말과 동시에 기계가 셔플을 시작했다. 딜러 측 테이블에는 모든 종류의 동전이 가득 차 있는 큰 판이 놓여 있었고, 리아의 손에는 정말로 1원 한 개가 들려 있었다. 이윽고 기계가 두 장의 카드를 연달아 토해냈다. 정소열의 뼈다귀 같은 손가락이 능숙하게 카드를 배치했다. 딜러와 플레이어 진영에 각각 한 장의 카드가 놓였다. 운명의 시간이었다.

"플레이어 측. 올인이요."

리아가 플라스틱 장난감 같은 1원 동전을 플레이어 카드 옆에 놓았다. 명서진은 침을 꿀꺽 삼켰다. 긴장이 모두의 얼굴에 스쳐 지나갔다.

17

"베팅 종료하겠습니다."

정소열이 카드를 뒤집었다. 플레이어 측에 3 카드가, 딜러 측에 2 카드가 나왔다. 리아의 승리였다. 정소열은 동전함에서 1원을 꺼낸 뒤 리아의 1원 위에 얹고는 무심하게 셔플 기기를 다시 작동시켰다. 테이블 게임의 진행 시간은 아무리 복잡한 게임이어도 한 판에 5분을 넘기지 않는 게 보통이었다. 플레이어 측 하나, 딜러 측 하나, 총 두 장의 카드를 뽑아서 배치하는 게 전부인 카지노 워 게임의 진행 속도는 그중 가장 빠른 편에 속했다. 1분도 안 되는 시간에 첫판의 승패가 결정 났다. 첫 승을 거뒀음에도 리아 일행은 누구 하나 입을 열지 않았다. 플레이어가 50퍼센트 확률을 뚫고 소액의 베팅에 성공했을 뿐이었다. 아직은 아무것도 속단할 수 없었다.

곧이어 다음 카드가 셔플 기기에서 나왔다.

"플레이어 측, 다시 올인이요."

리아는 정소열에게 빌린 1원과 그 돈으로 딴 1원, 총 2원을 다시 플레이어 측에 베팅했다. 정소열은 카드를 뒤집었다. 딜러 카드는 A, 플레이어 카드는 5였다. 다시 플레이어 측의 승리로 리아는 총 4원을 적립했다. 정소열은 게임에 쓰인 카드를 회수해 셔플 기기에 넣은 뒤 세 번째 게임을 속행했다. 셔플 기기는 지체 없이 다음 카드를 뽑았고, 이번에도 두 장의 카드가 분배되었다.

"딜러 측, 올인."

리아는 잠시의 망설임도 없이 딜러 측에 4원을 베팅했다. 이번에도 리아의 승리였다. 묘한 긴장감과 정적 속에서, 게임은 그대로 일곱 번 진행되었다. 리아는 당연하다는 듯 일곱 번 연속 승리를 거뒀고 이제 동전의 단위가 바뀌어 그녀의 앞에는 128원이 쌓여 있었다. 분명 하찮은 돈이었다. 카지노 바닥에 떨어져 있다 한들 노름꾼들조차 줍지 않을 액수였지만 명서진에게는 그렇게 보이지 않았다. 40연승을 달성하겠다는 리아의 자신감은 단순한 허세만은 아니었다. 리아는 10분 만에 자신의 판돈을 128배로 늘린 셈이었다. 무작위로 50퍼센트 확률 도박에 베팅해 7연승을 할 확률은 128분의 1. 부자연스러운 확률이었다. 이대로 두고 볼 수만은 없었다. 긴장한 명서진의 눈동자가 그동안 자신이 포착하지 못했던 것을 찾기 시작했다. 리아와 함께 온 저 두 명의 아이들. 그들은 지난번에는 이 자리에 들어오지 않았다. 분명 밖에서 리아에게 어떤 신호를 주고 있었을 것이다. 그런 그들이 지금은 왜 게임장에 함께 들어와 있을까? 일곱 판 내내 정소열의 손과 리아의 손, 셔플 기기만 주시하던 명서진은 리아의 일행인 두 아이들을 관찰하기 시작했다. 그리고 지금껏 눈치채지 못했던 것을 발견했다. 일행 중 덩치가 큰 여자아이가 자신의 주머니를 수상쩍은 손길로 만지작대고 있었다. 저 손동작의 의미는 무엇일까? 명서진은 촉각을 곤두세웠다.

"여덟 번째 게임 시작하겠습니다."

딜러인 정소열이 그 말과 동시에 셔플 기기의 작동 버튼을 누르는 순간, 덩치 큰 여자아이가 왼쪽 바지주머니를 손가락으로 두 번 두드렸다. 명서진이 슬쩍 옆으로 가서 확인해보니 그 애의 주머니에는 휴대전화가 들어 있었다. 그것은 명백히 신호였다. 두드리는 소리를 통해 어딘가에 연락을 취하고 있는 게 분명했다. 여덟 번째 카드가 뽑혀 나왔고, 리아는 또다시 모든 판돈을 플레이어 측에 올인했다. 플레이어 측은 10, 딜러 측은 9로 리아의 8연승이 채워졌다. 정소열은 256원을 리아에게 돌려주었다. 판돈은 계속 두 배씩 늘어나고 있었다.

"잠깐, 마스터. 게임을 잠깐 멈추시죠."

명서진이 외쳤다. 정소열과 리아가 의아한 얼굴로 명서진을 쳐다봤다. 그 순간 명서진은 잠시 시선을 돌려 덩치 큰 여자아이의 주머니를 확인했다. 여자아이는 주머니를 손가락으로 여러 번 두드리고 있었다. 게임을 속행할 때는 두 번, 게임이 멈췄을 때는 여러 번 두드리는 게 그들 사이의 신호였을 것이다.

"실장님, 아직 판돈은 백 원 단위입니다만."

"딴 돈은 2백 원이어도 어느 한쪽이 8연승이나 한 상황이에요. 딜러는 게임이 과열됐을 때 멈출 권한이 있습니다. 음료를 가져올 테니 10분만 쉬어가시죠."

"괜찮으십니까, 박리아 씨?"

"난 상관없어요."

명서진은 그들에게 가식적인 미소를 보이며 VIP룸을 나왔다. 명서진은 리아 일행의 수법에 대해 생각했다. 신호를 주고받는 것을 보니 카지노 직원과 내통해 기계를 조작하고 있거나 몰래카메라로 패를 미리 읽는 방식을 썼을 수도 있다. 하지만 리아가 난동을 부린 이후 이 VIP룸은 직원은 물론 쥐새끼 한 마리조차 드나들 수 없게 철저히 통제되고 있었다. 몰래카메라가 있다고 볼 수도 없는 것이, 카지노 워 게임은 포커처럼 플레이어와 딜러가 자신의 카드를 보면서 베팅을 결정하는 방식이 아니었다. 패를 열기 전까지는 딜러인 정소열조차 카드를 보지 못하는, 순수하게 플레이어의 운에만 의지하는 승부였다. 너무나 단순했기 때문에 조작과 부정의 여지조차 없었다. 명서진은 카지노 플로어의 셀프바로 내려와 카페인 음료와 탄산수, 견과류와 초콜릿바 같은 간식거리를 쟁반에 담으며 다음 할 일을 생각했다. 리아 일행이 어떤 방법으로 게임에서 이기고 있는지는 추측도 안 되지만, 외부와 연락을 주고받는다는 걸 안 이상 그 행위를 막아야겠다는 데 생각이 미칠 수밖에 없었다. 명서진은 즉시 휴대전화를 들어 리아의 뒤를 밟으라고 의뢰했던 흥신소에 다시 연락했다. 돈 되는 일이면 새벽이라도 어디든 튀어나올 작자들이었다.

"이번 건은 의뢰비 두 배로 드릴게요. 지금 당장 쓰레기 광산 주변부터 뒤지기 시작해요. 카지노에 신호를 보내는 자가 있을 거예요."

"돈이야 고맙지만 어떤 놈이 어떻게 신호를 보내는지 알아야죠. 무턱대고 뒤지기엔 뭐가 없는데요."

"누군지 모르니까 의뢰하는 거죠! 지난번 의뢰한 박리아 일행과 내통한 놈이 있어요. 그 애들 행동반경이야 빤하니까 쓰레기 광산 근처 야산이든 폐허든 어디든 다 뒤져서 휴대전화를 들고 통화하는 수상한 놈이 있으면 다 잡아서 알려줘요. 세 배 줄게요!"

"알았습니다. 애들 다 풀어서 찾아보죠."

돈을 더 주겠다는 말에 흥신소 업자는 신나서 대답했다. 명서진은 이런 일에 사비를 써야 한다는 것이 씁쓸하긴 했지만 카지노의 이인자로 받는 임금은 충분히 그 정도 지출을 감당할 수 있는 수준이었다. 카지노 마스터가 정신이 나가 있는 이상, 혹시 모를 재난을 막아 낼 사람은 이 카지노에 명서진밖에 없었다.

리아는 자신이 따낸 돈 256원을 손에 쥐고 만지작대고 있었다. 8연승의 기염을 토했지만 애들 장난 같은 수준의 액수였다. 그래서 그런지 리아 일행의 얼굴에는 초조함이 가득 묻어 있었다.

"아저씨, 저 언니가 이상한 얘기로 발목 잡아서 게임 파투 내려고 해도 아저씨가 막아줘야 돼요."

리아가 마른 입술을 뜯으며 정소열에게 말했다.

"걱정 마십시오, 박리아 씨. 이 게임은 제가 책임지고 끝까지 치르겠습니다."

"만약 내가 1조 원을 다 따도 아저씨는 괜찮은 거 맞아요? 이 카지노 사장이잖아요. 진짜로 내가 40승을 하면 그때 말 바꾸는 거 아니에요?"

"1조 원이니 카지노니, 재미없는 말입니다. 박리아 씨가 할 일은 불가능에 도전하는 것뿐입니다. 3년 전에 외국인 일행이 우리 카지노에서 하룻밤 만에 3백억 원을 따간 일이 있었습니다. 저희는 사기도박을 의심해서 경찰에 협조 요청을 했고, 지급한 수표도 정지시켰습니다. 하지만 아무리 정밀히 조사해봐도 사기 흔적을 발견하는 데 실패했습니다. 말 그대로 지나치게 운이 좋은 큰손들이었을 뿐입니다. 그때의 확률이 얼마였는지 아십니까? 겨우 천 분의 1이었습니다. 분명 낮은 확률이지만 불가능하다고 단정 지을 수도 없는 숫자였습니다. 그 천 분의 1의 확률로도 카지노 전체가 들썩였는데, 박리아 씨가 1조 분의 1의 확률을 보여준다면 그건 우리 동광 카지노뿐만 아니라 세계 카지노 역사에 유래가 없는 일일 겁니다."

"아저씨는 이걸 다 걸고서라도 왜 증거를 찾고 싶은 건데요? 그냥 신이 있다 치고 살면 되잖아요."

"갈릴리 호숫가에서 베드로는 예수를 보고도 믿지 못했습니다. 당신이 정말 예수라면 기적을 보이라고까지 했습니다. 부족한 믿음 때문이 아니었습니다. 오히려 지극한 사랑 때문이었습니다. 그렇기 때문에 그가 예수의 가장 아끼는 제자가 된 것입니다."

정소열이 알아듣기 힘든 얘기를 했기에 리아는 입을 다물었다. 그때 VIP룸의 문이 열리며 명서진이 들어왔다. 명서진은 리아 일행과 정소열 앞에 음료와 스낵을 놓았다. 마침 배가 고팠던 이들은 곧장 손을 뻗어 먹을 것을 한 움큼씩 쥐어 입에 털어 넣었다.

"게임을 재개해도 되겠습니까?"

"네, 뜻대로 하세요, 마스터."

명서진은 여전히 굳은 표정이었지만 그녀의 얼굴에는 불안이 사라져 있었다. 대신 그 자리에 들어선 것은 각오였다. 너희들이 어떤 술수를 쓰더라도 눈 하나 깜짝하지 않고 지켜보며 패배하게 해주겠다는 각오.

"아홉 번째 게임을 시작하겠습니다."

정소열은 기대에 찬 표정으로 셔플 기기를 작동시켰다. 차르르 하며 플라스틱 카드 낱장들이 서로 부딪치는 소리가 들렸다. 이 정돈된 소리는 모든 딜러의 가슴을 차분하게 만들었다. 명서진은 마음을 가라앉히고 게임을 지켜봤다. 정소열은 카드를 뽑아 배열하고, 리아는 모든 돈을 걸었다. 정소열은 카드를 뒤집었고, 리아는 게임에 승리해 판돈의 두 배를 손에 넣었다.

조용하면서도 혁명적인 이 반복 행위는 그 뒤로도 열한 번이나 계속되었다.

"이제 백만 원을 돌파하셨군요. 20연승입니다. 박리아 씨."

"아직 반밖에 안 왔어요. 이제부터 시작이니까 잘 봐둬요."

명서진은 리아가 가진 돈을 봤다. 정확히 104만 8,576원이었다. 리아가 딴 돈의 액수를 분자에 두고 분모를 1로 하면 그 숫자 그대로 리아가 헤쳐온 확률과 같았다. 즉 리아는 지금 104만 분의 1의 확률을 뚫고 20연승을 해온 것이다. 명서진은 불가능에 대한 비유로나 쓰이는 백만 분의 1이라는 숫자를 이곳 카지노에서 목격한 적이 없었다. 정소열이 사장실에서 가져온 돈통에 가득 차 있던 동전과 지폐가 이제 거의 소진되어 있었다.

"네 판만 더 하면 천만 원 단위예요. 앞으론 칩이 많이 필요할 테니까 준비하겠습니다. 잠시 휴식하시죠."

명서진은 다시 한번 게임을 끊고 VIP룸을 나왔다. 명서진의 얼굴이 벌겋게 상기되어가는 것과 비례해서 리아의 불안감 또한 높아졌다. 이 승부에 훼방을 놓을 수 있는 유일한 인물은 그녀뿐이었다. 정소열은 이미 이 게임에 완전히 몰입해 주변의 상황들이 보이지 않는 눈치였다.

"본인이 예고한 그 게임 테이블에 와서 정말로 백만 분의 1의 확률을 뚫고 연승하는 걸 봤을 때, 보통의 도박장은 기계 조작을 의심합니다. 하지만 이 VIP룸은 박리아 씨와의 첫 게임 이후로 제가 직접 단속했습니다. 영업이 끝난 뒤에 여기에 남아 매일 세 시간씩 셔플을 진행했고, 뽑혀 나온 카드에 아무 규칙성이 없다는 것도 검증했습니다. 기계는 멀쩡하고, 박리아 씨가 조작했을 가능성도 없다는 뜻입니다."

"내가 무슨 빽이 있어서 여기에 조작을 했겠어요? 보는 눈이 몇 갠데."

"사람이 마음으로 자기의 길을 계획할지라도 그 걸음을 인도하는 자는 여호와시니라. 저는 이 자리에 이른 모든 필연성을 사랑합니다. 신께서 제 앞에 필승자를 데려다 놓으신 건 우연이 아닐 겁니다. 마찬가지로 박리아 씨가 여기에 온 것도 필연일 겁니다. 신의 말씀을 잉태한 것입니다."

리아는 정소열이 떠드는 잉태라는 말이 마음에 들지 않았다. 리아는 정소열에게 변태 같은 깨달음을 주기 위해 이곳에 온 게 아니었다. 리아와 상돈, 다은의 운명은 요한실업을 찾아갔던 그날 밤 결정된 것이나 마찬가지였다. 명서진이 오기 전까지 리아는 잠시 게임 테이블을 내려다보며 그간의 일들을 떠올렸다.

18

약 3주 전, 리아가 유치장에서 풀려난 날의 일이었다. 세상을 녹여대던 폭염도 지나고 녹아내린 세상을 하수도에 쓸어버릴 것 같던 장마도 지나, 쓰레기 광산 주민들이 그나마 살기 좋은 날들이 시작되고 있었다. 여전히 해는 뜨거웠지만 선선한 바람이 불어왔다. 리아 일행은 서로에게 약속한 대로 물류창고에 면접을 보러 갔다. 담당 매니저와의 만남은 면접이 아니라 관상을 보듯 빠르게 지나갔고, 얼떨결에 그 자리에서 근로계약서를 쓴 뒤 바로 일을 시작하게 되었다. 쓰레기 분류 일에 잔뼈가 굵은 리아 일행은 이런 일 정도는 쉬울 거라며 만만히 봤지만 틀려먹은 생각이었다. 누가 30킬로그램짜리 쌀자루와 24킬로그램짜리 생수통을 택배로 주문하는 건지, 왜 사람 상반신만 한 박스는 3킬로그램인데 손바닥만 한 박스는 15킬로그램이나 나가는지, 이해할 수 없는 일투성이였다. 머리를 비운 채 팔과 허리로 나르고 또 나를 뿐이었다. 밀려오는 박스의 파도에 휩쓸려 다니다 거의 익사하기 직전, 리아 일행은 겨우 반일 차 근무를 마치고 퇴근할 수 있었다.

그래도 그들은 종이 병정처럼 나풀대는 팔다리를 이끌고 요한실업이 있던 공장터에 들르는 걸 잊지 않았다. 리아는 닫힌 철문의 창살 사이로 마른 몸을 구겨 넣어 쉽게 정문을 통과했다. 방치된 공장 안에는 중고로 넘기지 못한 생산설비들과 제품들이 고스란히 남아 있었다. 전자제품의 뼈까지 발라먹는 하이에나들인 리아 일행에게 이곳은 보물섬이나 다름없었다. 일행은 2층 사무실에 있던 컴퓨터를 신속하게 뜯어내 네 개의 하드디스크를 챙길 수 있었다. 동네에 돌아온 리아는 아직 복구하지 못한 마이닝 머신의 본체에 요한실업의 하드디스크를 꽂은 뒤 곯아떨어졌다.

노동은 이들의 생활을 한두 문장으로 요약할 만큼 단조롭게 만들었다. 낮에는 죽도록 일했고 밤에는 기어들어와 잤다. 일을 시작한 첫 주에는 스스로의 힘으로 돈을 번다는 감격에 젖어 고생조차 달콤했지만, 둘째 주에 손이 느리다며 매니저에게 쌍욕을 들어먹은 뒤로는 일이 싫어졌고, 셋째 주에는 모두 말이 없어졌다. 혼자 데이터를 캐내며 작업하던 마이닝 머신이 문장을 내놓은 것은 그 3주 차에 벌어진 일이었다. 문장을 보자마자 리아 일행은 출근하던 발길을 멈췄다. 아무도 입을 열지 않았지만 승부에 나서지 않을 수 없음을 모두 깨달았다. 작전은 바로 그 순간부터 시작되었다.

리아는 초록색 게임 테이블에 팔꿈치를 올리고 깍지 낀 두 손으로 눈을 가렸다. 긴장을 읽히지 않으려 노력했지만 불가능한 일이었다. 왼쪽에 앉은 다은은 아까부터 고개를 숙인 채 바닥만 보고 있었고, 오른쪽에 앉은 상돈은 게임 테이블이 흔들릴 만큼 다리를 달달 떨어대고 있었다. 리아 일행의 전략은 명료하고 깔끔했지만 그렇다고 어떤 상황에서도 이길 만한 필승법은 아니었다. 명서진 실장이 자리를 오래 비우고 있다는 사실 때문에 리아의 불안은 점점 커졌다. 정돈된 옷과 화장으로 가리고 있어도 그녀는 전갈의 꼬리 같은 예측불허의 위험한 기운을 풍겼다. 잠시 후 VIP룸의 문을 연 명서진은 세 명의 딜러를 달고 들어왔다.

"베팅 제한이 없이 올인이 허용된 도박이면 이제부터 상상할 수 없이 빠르게 판돈이 늘어날 거예요. 계산이 틀리지 않았는지, 베팅에 수상한 점은 없는지 살필 눈들이 더 필요해서 사람들을 데려왔어요. 이해해주시길 바랍니다."

정소열은 명서진과 젊은 딜러들을 돌아보며 고개를 끄덕였다. 명서진은 들고 온 트레이를 정소열 옆에 놓았다. 판에는 지난번 도박에 썼던 천만 원짜리 검은색 칩뿐만 아니라, 테두리에 금테와 은테가 둘려 있는 칩, 그리고 하얀 칩 딱 한 개가 놓여 있었다.

"은테 두른 칩은 1억 원, 금테 두른 칩은 백억 원. 그리고 저 하얀 칩은 1조 원으로 쓰시면 됩니다. 아직 사용된 적 없는 칩들이라 숫자는 안 적혀 있어요."

리아는 본 적 없는 고액의 칩보다 자신을 둘러싸고 있는 딜러들의 시선에 더 큰 긴장감을 느꼈다. 이 게임을 방해하려는 명서진의 전략은 노련했다. 여러 딜러가 보고 있다는 것은 부정행위의 가능성을 낮추는 효과뿐만 아니라 리아의 긴장을 극대화시켜 실수를 유도해낼 수 있는 효과도 있었다. 명서진의 행동에는 한 가지 더 중요한 목적이 있었는데, 오늘 정소열이 벌이는 엉뚱한 도박을 후배 딜러들의 눈에 각인시켜 그가 얼마나 위험한 인물인지 알리는 것이었다. 그런 의도를 알아차린 것인지 정소열은 침착한 목소리로 모두에게 말했다.

"여기 앉아 계신 박리아 씨는 지금 백만분의 1의 확률을 뚫고 카지노 워 게임에서 20연승을 거뒀습니다. 여기까지만 해도 낮은 확률인데, 박리아 씨는 40연승을 장담하고 있습니다. 자그마치 1조 분의 1의 확률입니다. 1원에서 시작한 박리아 씨의 테이블머니가 1조 원이 되는 겁니다. 그게 정말 현실이 된다면 우리 카지노의 모든 현금성 자산이 사라지고 한동안 문을 닫을 수밖에 없게 됩니다. 다른 테이블에서는 몰라도 이 VIP룸 테이블에서는 전자기기의 사용뿐 아니라 외부와의 교신도 허용하고 있습니다. 베팅 한도도 없습니다. 그건 어떤 부정행위도 불가능하다는 우리 카지노의 자신감 때문입니다. 저는 아직 박리아 씨가 사기도박을 한다는 정황을 못 발견했습니다. 딜러 여러분은 지금부터 박리아 씨가 카드 바꿔치기나 기계 조작 같은 부정을 저지르는지 눈 크게 뜨고 지켜보시기 바랍니다. 부정을 발견하는 분께는 월급의 5백 퍼센트 인센티브를 약속합니다. 여러분이 자신의 실력을 믿고 확률을 믿는다면 결코 박리아 씨는 이길 수 없습니다."

명서진은 청산유수 같은 말로 감시의 시선을 돌리는 정소열의 순발력에 감탄했다. 정소열을 감시하기 위해 투입한 젊은 딜러들은 어느새 그와 같은 편에 서게 된 눈치였다.

"스물한 번째 게임을 시작하겠습니다."

정소열이 셔플 기기의 작동 버튼을 눌렀다. 명서진은 VIP룸을 위해 특수 주문한 셔플 기기를 봤다. 리아 일행이 어딘가에서 신호를 받고 있다면 그들의 게임 공략법은 현장에서 일어나는 손기술이 아니라 기계 자체를 통한 것이라는 추측이 들었다.

"잠깐. 중간에 카드 점검 한번 해도 될까요? 게임 재료가 오염됐는지 보기 위해서요."

정소열은 기계를 멈추고 고개를 끄덕였다. 명서진은

기계의 플라스틱 뚜껑을 열고 안에서 섞이기 직전인 카드 뭉치를 꺼냈다. 그리고 능숙하고 재빠른 손놀림으로 카드를 분류하여 정상적인 트럼프카드의 구성과 일치하는지 검증했다. 만약 특정 숫자의 카드를 더 잘 나오게 하기 위해 여벌의 카드가 추가되었다면 이 도박은 처음부터 사기인 것이다. 하지만 확인 결과 하트와 스페이드, 클로버, 다이아가 각각 열세 장씩 들어 있고 구석에 빼놓은 두 장의 조커까지 포함해 의심할 바 없이 정상적인 카드 구성이었다. 적어도 재료 자체를 통한 조작의 여지는 없었다.

"이 기계의 무작위성 검증은 제대로 했었니?"

명서진은 옆에서 카드를 함께 세어본 막내 딜러에게 물었다.

"네, 마스터가 매일 직접 하셨고 저도 입회했어요. 어제까지 문제없었어요."

무작위성 검증은 기계에서 뽑혀 나오는 숫자가 정말로 무작위로 선정된 것인지, 아니면 특정한 사상과 규칙에 의해 나열된 것인지를 기기에서 나온 결괏값을 컴퓨터의 확률통계 프로그램에 집어넣어 시험해보는 작업이었다. 그 검증에서 이상이 없었다는 건 셔플 기기가 인위적으로 조작되지도 않았다는 얘기였다. 명서진은 생각이 복잡해졌다. 블랙잭처럼 카드 카운팅도 불가능한 단순 뽑기 노름인 카지노 워 게임에서 어떻게 한쪽이 20연승을 거둘 수 있을까. 아무리 생각해도 짚이는 데조차 없었다.

"실장님은 여전히 이 게임을 의심스럽게 보십니까?"

"확률이 불가능에 가까워질 땐 숫자를 믿지 말고 조작 여부부터 검증하라고 배웠어요. 패배는 물론이고 한번의 타이도 없이 연승만으로 매끄럽게 진행되는 게임이 의심스러운 건 당연하죠."

"카드 검증은 좋은 시도였습니다. 문제를 발견 못 하셨다면 계속 진행하겠습니다."

정소열은 다시 카드를 기기에 넣고 셔플을 진행했다. 리아는 이번에도 올인했고, 뽑혀 나온 결과는 플레이어 5, 딜러 5 카드였다. 그다음 게임도 정확히 같은 패가 나왔다. 2연속 무승부로 판돈의 변화는 없었다. 명서진은 직전에 타이가 없었음을 지적한 자신의 입이 농락당하는 기분이었다. 농락의 주체가 사람이라면 그를 발견해 부숴버릴 수 있겠지만 리아의 주장처럼, 정소열의 바람처럼 그 주체가 신이라면? 신이 이 게임에 관여해 명서진을 놀리는 중이고, 저 아이가 이어폰으로 듣고 있는 것이 정말로 신의 음성이라면? 이유 모를 무력감과 공포가 명서진의 온몸을 죄여오기 시작했다. 명서진은 꼼짝없이 다음 결과를 지켜볼 수밖에 없었다.

리아는 이후로 이어진 베팅에서도 연승을 거두었다. 두 번의 무승부를 제외하고 20승 이후 단 네 판 만에 아이들의 앞에는 1,600만 원이 쌓였다. 리아의 연승은 구경하던 딜러들조차 경악하게 만들었다. 그들 모두 눈을 부릅뜨고 지켜봤지만 게임 조작의 혐의는 조금도 발견할 수 없었다.

게임은 무심하고도 잔인하게 진행되었다. 셔플 기기는 계속해서 카드를 토해냈고, 리아는 거침없이 배팅했다. 단 몇 분 만에 리아는 30연승에 도달했다. 하나에 1억 가치로 약속한 은테 두른 코인이 리아 앞에 열 개나 쌓여 있었다. 리아 일행은 쓰레기 광산 주민들 전체의 인생을 합산해도 축적 못 할 금액인 10억 원을 한 시간 남짓한 도박에서 벌어들였다.

"잠시 휴식을……."

가라앉은 명서진의 목소리는 채 문장을 끝맺지도 못했다. 정소열은 이해한다는 듯 셔플 기기를 작동시키려던 손을 멈췄다.

명서진은 자신의 걸음걸이가 휘청대고 있다는 사실도 모른 채 플로어를 지나쳐 화장실로 갔다. 변기의 뚜껑을 열고 상체를 숙인 명서진은 점심때 먹은 것을 다 토해버렸다. 그런 뒤 변기 앞에 주저앉아 몽롱한 시선으로 천장을 보며 저 위에 있을 누군가에게 기도를 했다. 종교를 가져본 적 없는 명서진은 기도하는 방법도 알지 못했지만 그래도 마음속으로 비는 수밖에 없었다. 돈 10억 원이 문제가 아니었다. 이 카지노의 모든 것을 파멸로 몰고 갈 것 같은 리아의 무서운 기세를 멈춰달라고 기도했다. 명서진이 평생 기도를 해본 것은 단 두 번뿐이었다. 탈수증으로 쓰러진 채 물류창고의 뿌연 천장을 보며 살려달라고 기도하던 때와 리아의 연승을 막기 위해 화장실 바닥에서 기도한 지금. 간신히 몸을 추스른 명서진이 대변기 칸에서 나왔을 때 눈에 제일 먼저 보인 건 리아였다. 리아는 휴식 시간을 이용해 화장실 세면대에서 세수를 하고 있었다. 명서진은 리아의 팔을 붙잡았다. 리아는 깜짝 놀라 돌아봤다.

"10억도 너희 셋한테는 충분히 큰돈이야. 여기서 멈추면 우리 카지노는 아무 문제 안 삼을 거야. 지금 너희가 밖에서 어떤 신호를 받는 걸 알면서도 눈감아주고 있어. 하지만 게임을 더 하겠다면 그때부턴 장난이 아냐. 어떤 검증을 거쳐서라도 반드시 네 수법을 밝혀낼 거고 한 푼도 못 건질 수 있어."

리아의 앳된 얼굴에서 수돗물이 흘러내려 티셔츠 목덜미를 적시고 있었다. 리아는 명서진의 손을 뿌리치고 맨손으로 얼굴을 닦아냈다.

"방해하지 말아요! 아줌마도 적당히 멈춰주지 않았잖아!"

리아는 도망치듯 VIP룸으로 가버렸다. 명서진은 눈을 질끈 감았다. 그리고 이 승부를 뒤로 물리기에는 너무 멀리 와 있음을 새삼 깨달았다. 차가운 화장실 타일 벽을 손바닥으로 짚었고 그대로 잠시 시간이 흘렀다. 천천히 어지럼증이 가라앉고 청각이 또렷해지는 것이 느껴졌다. 명서진은 일부러 어깨와 고개를 꼿꼿이 펴고

또각또각 들리는 구두 소리에 집중하며 VIP룸을 향해 걸어갔다.

"웃기지 마라. 너는 진다. 박리아."

명서진은 자신의 귀에만 들리게끔 작은 소리로 말했다. 상황은 변하지 않았다. 하지만 명서진의 마음만은 더 굳어졌다. 명서진이 내뱉은 말은 확신보다 무서운 다짐이었다.

명서진이 VIP룸에 돌아오자 자연스럽게 다음 게임이 시작되었다. 침묵 속에서 격한 마음들만이 게임 테이블을 휩쓸고 있었다. 한 판에 10억 원짜리 기대가, 20억 원의 중압감과 40억 원의 광기가 쌓여갔다. 게임을 진행하는 정소열은 술이라도 마신 사람처럼 동공이 풀려 있었고 베팅을 하는 리아 일행의 눈은 빨갛게 충혈되어갔다. 이 방에서 유일하게 정신을 차리고 있는 사람은 명서진뿐이었다. 굳은 각오는 늘 보답을 주기 마련이었다. 명서진의 시야에 아주 중요한 정보지만 하찮아 보여서 지금껏 무심코 지나쳐왔던 무언가가 뒤늦게 포착되었다. 승부의 신이 명서진에게 마지막 기회를 준 것이었다.

19

　명서진이 발견한 것은 셔플 기기 안에 새겨져 있는 제조사명, 요한실업이었다. 명서진은 지난 며칠간의 기억들을 되짚었다. 리아가 이곳에 찾아와 난동을 피웠을 때, 명서진은 그녀가 셔플 기기에 더러운 수작을 부리진 않았을지 제일 먼저 의심했다. 리아의 작은 몸으로 짓밟고 때렸어도 셔플 기기는 멀쩡했고, 점검 결과에서도 문제는 발견되지 않았다. 리아가 허튼짓만 하고 유치장 신세를 진 걸까? 그게 아니었다. 승부사인 리아는 분명 그때 명서진이 본 것과 똑같은 글자를 발견했을 것이다. 명서진이 그간 리아를 관찰하며 발견한 사실은 그 애가 막무가내처럼 보여도 믿는 구석이 있을 때에만 승부를 거는 타입이라는 것이었다. 리아 일행의 뒤를 캐내는 동안 그들이 수상한 기계를 신처럼 섬기며 거기에 의존해 도박을 치렀다는 사실을 알게 되었고, 웃돈을 주고 컨테이너 창고를 빌려 그 기계들을 내버리는 데 성공했다고 확신했다. 하지만 허술한 생각이었다. 리아는 또 다른 반전의 카드를 만들었고, 그 계기는 '요한실업'이라는 저 네 글자로 추정할 수밖에 없었다. 리아와 아이들은 요한실업에 찾아가 오늘 승부의 중요한 키가 되는 데이터를 얻어냈을 것이고, 지금도 그 장소에서 어떤 수작질을 진행 중일 것이라는 데 생각이 미쳤다.

명서진은 혼자 복도로 빠져나가 재빨리 홍신소 사장에게 전화를 걸었다. 전화를 받자마자 홍신소 사장은 목소리를 깔며 먼저 말을 꺼냈다.

"저, 실장님. 저희가 쓰레기 광산이며 그 애들 일하던 물류창고까지 샅샅이 다 찾아봤는데 의심되는 사람이 없던데요? 미안해서 어쩌죠."

"마지막으로 가볼 데가 있어요. 요한실업 공장터요. 거기에 사람이 있을지도 몰라요."

명서진은 요한실업이 쓰레기 광산에서 멀지 않은 곳

에 있고, 이미 망해서 지금 그곳을 지키는 사람이 아무
도 없다는 사실 또한 알고 있었다. 리아 일행이 공작을
꾸미기에 완벽한 조건이었다.

명서진이 VIP룸으로 돌아왔을 때, 리아 앞에는 금
테 두른 칩이 놓여 있었다. 게임머니가 백억 원을 돌파
했다는 뜻이었다. 리아는 지금 34연승을 기록해 무려
171억여 원의 수익을 냈다. 명서진은 다시 게임을 멈
췄다.

"판돈이 너무 커졌습니다. 한 게임에 백억은 우리 카
지노 역사상 처음 있는 베팅이에요. 이제 매 판 카드 상
태를 다 확인하고 셔플 머신에 집어넣을게요."

"씨팔! 말도 안 돼! 아줌마가 뭔데 그런 짓을 해요!"

리아가 버럭 화를 내며 외쳤다. 당연한 반응이었다.
명서진은 흥신소 사람들이 요한실업을 샅샅이 뒤질 시
간을 벌어야 했고, 도박 시간이 길어진다는 것은 도전
자인 리아에게 불리한 일이었다. 누구 하나, 정소열조
차 결정을 내리지 못하고 있을 때 리아는 더 세게 명서
진을 몰아붙였다.

"아까 다 정상인 거 확인했잖아! 아줌마야말로 검사

한다는 핑계로 카드 조작하려고 하는 거지! 당신이 반칙하려는 건 아냐?"

그때 명서진이 누구도 예상 못 한 행동을 했다. VIP 룸 벽면의 진열장을 열더니 그 안에 들어 있던 장식용 단도를 꺼내 뽑아 든 것이다. 날이 선 칼날이 조명을 받아 번쩍였다. 칼집과 손잡이에 화려한 보석과 금붙이들이 붙어 있어, 진열장에 있을 때에는 전혀 흉기로 보이지 않던 물건이었다. 명서진은 그 단도로 자신의 양쪽 팔 소매 단추를 끊어내고 팔꿈치 부분까지 셔츠를 쭉 찢어버렸다. 몸을 정갈히 감싸고 있던 유니폼 셔츠가 순식간에 너덜너덜해졌다. 명서진은 나풀거리게 된 소매를 힘껏 뜯어내었고 유니폼은 흡사 7부 반팔 티셔츠 같은 모양이 되었다.

"내 몸에 카드 숨길 데가 있는지 직접 봐! 난 이 카지노 딜러고, 확인을 해야겠어! 내가 속임수 쓰는 걸 발견하면 그 칼로 나를 찔러!"

명서진은 말을 마친 뒤 단도를 리아 앞에 툭 던졌다. 소매를 뜯는 과정에서 맨살까지 벤 건지, 게임 테이블 위에 떨어진 단도의 날에는 핏물이 묻어 있었다. 명서진은 자신이 손기술로 장난 칠 사람이 아니라는 것을 모두의 앞에서 충격적인 방식으로 선언했다. 그 기세에 리아조차 놀라지 않을 수 없었다.

"타당한 지적입니다. 확실히 검증하지 않으면 이 귀중한 게임의 가치가 반감될 겁니다."

명서진의 의지에 항복한 건지, 정소열도 그녀의 손을 들어줬다. 명서진은 35차전이 치러지기 전에 멈춘 셔플 기기에서 카드를 모두 꺼내 개수를 확인했다. 카드 구성에는 역시 이상이 없었다. 명서진은 다시 셔플 기기에 카드를 넣었고 다음 게임이 시작되었다.

"서른다섯 번째 게임을 시작하겠습니다."

메마른 정소열의 목소리가 이승인지 저승인지 알 수 없는 공간에서 메아리치는 것처럼 들렸다. 리아는 거침없이 플레이어 측에 베팅을 했다. 리아가 이 게임에서 베팅을 망설인 적은 단 한 번도 없었다. 모두 1초 이내에 카드를 결정했고, 그때마다 주어진 모든 게임머니를 다 걸었다. 게임의 결과는 플레이어 8, 딜러 7이었다. 정소열은 이제 343억여 원을 리아에게 돌려줬다. 어느새 이 게임에서 천만 원 이하 단위의 잔돈은 움직이지 않고 있었다. 정소열은 다만 휴대전화에 그것을 기록하고 있을 뿐이었다.

게임이 끝나고 명서진은 다시 침착하게 카드를 꺼내 검사했다. 343억 분의 1이라는, 보고도 믿을 수 없는 확률을 뚫고 리아가 연승을 이뤄내고 있었지만 명서진의 얼굴에는 불안의 기색이 사라졌다. 이 게임은 여전히 카지노 측에 압도적으로 유리한 게임이 분명했다. 도박사가 그 어떤 기적을 일궈냈든 상관없었다. 카지노에 필요한 것은 1승, 단 1승뿐이었다. 올인 게임에서 한 번만 리아가 실패한다면 모든 기적은 무로 돌아가고 리아는 모든 베팅 금액을 잃은 채 쓰레기장으로 돌아갈 것이다. 오늘의 숨 막혔던 도박은 전설처럼 술 취한 파산자들의 입에서나 회자될 것이다.

명서진의 카드 검증이 끝난 후 정소열은 다음 승부를 속행했다. 서른 번째 게임까지만 해도 정소열의 소망은 성공과 실패 사이를 오가며 소란스럽게 요동쳤다. 누구보다 리아가 실패하길 바라면서도, 또 그녀의 승리를 응원했다. 답을 알 수 없는 질문들만이 정소열의 머릿속에 쌓여갔다. 이토록 단순한 카드 뽑기 안에 정말

로 신성이 있단 말인가? 숫자와 확률 안에 신의 사랑이
어디 있단 말인가? 이 테이블을 밟고 꼿꼿이 서서 내려
다보고 있는 보이지 않는 저 존재는 신인가, 악마인가.
과부하된 정소열의 머리는 이제 텅 빈 상자가 되어 게
임의 구경꾼 역할만을 하고 있을 뿐이었다. 딜러의 자
리에 있지만 그는 기계적으로 카드를 뽑고 칩을 배분
하고 있었다. 신 앞의 목자처럼 말씀을 기다리는 염원
만이 그를 채우고 있었다. 리아는 다음 게임에서도 승
리해 36연승을 달성했다.

　게임이 마지막을 향해 치달아가며 다은이 떠올린 것
은 믿음이었다. 쓰레기 광산에서 아기를 키운 어른들
은, 태어난 생명에 책임이 있는 커플 중 누가 먼저 도망
칠까 하는 눈치 싸움에서 패배한 사람들이었다. 리아네
와는 달리 다은의 가정에선 아빠가 그 싸움에서 졌고,
평생 다은의 주 양육자가 되었다. 아빠는 거짓말쟁이였
다. 더 나은 데로 널 데려가겠다는 약속도, 큰돈을 벌어
오겠다는 약속도, 다친 다은을 병원에 데려가 낫게 해
준다는 약속도 지킨 적이 없었다. 다은이 살면서 가진
모든 믿음은 부정당해왔다. 이번이라고 다를까? 다은

이 희망과 두려움으로 자신의 마음을 헤집는 사이, 리아는 37연승을 달성했다.

서른여덟 번째 도박을 지켜보는 상돈에게 떠오른 것은 사랑이었다. 다소 엉뚱하지만 사실이 그랬다. 물류 창고에서 일하기 시작했을 때, 리아 일행에게 일을 알려주던 옆 라인의 형을 보며 상돈은 처음으로 사람에게 두근거리는 감정을 느꼈다. 땀 흘리며 한숨 쉬는 상돈의 손에 작은 음료 캔을 쥐여주며 어깨를 두드려주던 그의 손짓. 안기고 싶은 그의 품이 상돈을 떨리게 했다. 그곳에서 일하는 동안 다은과 리아는 희망을 잃어가는 것처럼 보였지만 상돈은 사람만이 희망이고 사람만이 구원이라는 말을 되새기며 살았다. 오늘의 도박에서 정말 큰돈을 벌면 옆 라인 형에게 값비싼 선물을 주며 자신의 애틋한 마음을 오래오래 말해주고 싶었다. 그사이 리아는 38연승에 성공했다.

명서진은 침착하게 카드를 점검했다. 이제 남은 도박은 단 두 판뿐이었다. 이 지경까지 왔어도 수학적으로 보자면 여전히 확률은 도박장의 편이었다. 독립 시행인 서른아홉 번째, 마흔 번째 게임에서 리아가 2연승을 할 확률은 4분의 1, 실패할 확률은 4분의 3이었다. 여전히 75퍼센트 확률로 동광 카지노에 승산이 있었다. 다른 희소식이 없는 지금 명서진이 의지할 수 있는 것은 오직 진실한 숫자 그 자체였다. 점검을 끝낸 명서진은 카드를 셔플 기기에 넣었고, 정소열은 셔플 기기를 작동시켜 두 장의 카드를 뽑아냈다.

"플레이어 측, 올인."

리아 일행의 전 재산이 서른아홉 번째로 베팅되었다. 매번 카드를 오픈할 때마다 명서진은 아주 작은 실수라도 벌어져 리아가 이 승부에서 미끄러지는 장면을 떠올렸지만 그런 일은 이 게임에서 한 번도 일어나지 않았다.

서른아홉 번째 게임에서 리아는 또 승리함으로써 5천억 분의 1이라는 확률에 도달했다. 이 자리에 모인 누구도 그 확률이 얼마나 희박한 것인지를 떠올릴 수 없었다. 명서진은 마지막 게임을 앞두고 마지막 카드 점검을 하며 리아를 똑바로 쳐다봤다. 리아도 명서진의 눈에서 시선을 떼지 않았다. 필사적인 의지와 달리 둘은 서로의 눈에서 아무것도 읽을 수 없었다. 그렇게 마지막 점검은 끝이 났고, 명서진은 이상 없는 게 확인된 카드를 셔플 기기에 집어넣었다. 정소열은 셔플 기기의 버튼을 눌렀다.

플라스틱 카드들이 서로 부딪치며 유난히 장난스러운 소리를 냈다. 마지막 마흔 번째 셔플이 진행되고 있었다. 명서진은 휴대전화를 든 손을 불끈 쥐었다. 이렇게 애를 태웠는데도 아무런 응답이 없단 말인가. 셔플 기기가 카드를 뱉어낼 순간이었다. 그때 명서진의 오른쪽 손이 부르르 떨려왔다. 영상통화가 걸려오고 있었다. 명서진은 땀범벅이 된 손가락 때문에 통화를 곧바로 받을 수 없었다. 치마에 손을 닦아내고 받아보니 화면에 피투성이가 된 뚱뚱한 남자의 얼굴이 보였다.

"잡았습니다! 요한실업에서 카드 셔플 하면서 통화를 하던 놈이 있었어요!"

흥신소 사장의 목소리가 들리는 동시에 셔플 기기에서 카드가 뽑혀 나왔다. 정소열은 명서진이 벌이고 있는 작은 소란을 무시한 채 뽑혀 나온 카드를 순서대로 딜러와 플레이어 앞에 배치했다. 리아는 망설임도 없이 플레이어 쪽에 베팅했다.

"잠깐 멈춰! 사기도박 적발했어요! 밖에서 신호를 주고 있었어요! 이 게임은 무효입니다!"

"시끄러워요, 아줌마! 이미 베팅 끝났어!"

리아의 외침은 명서진의 기세에 눌려 들리지 않았다. 명서진은 모두에게 보이도록 핸드폰을 돌렸다. 리아 일행만은 그 화면에 잡힌 뚱뚱한 남자가 누구인지 알아볼 수 있었다. 조인재였다.

구청에서 해임당한 이후 인재는 몇 달간 동네를 유령처럼 배회하며 구직 활동을 했지만 일자리를 구하는 데에는 실패했다. 모아둔 돈은 다 떨어져가고, 이력서를 수정할 의지조차 사라져갔다. 최근 며칠간은 감자튀김 사 먹을 돈도 없어 방에 틀어박힌 채 단백질 폐기물이 되어가는 신세였다. 그런 인재를 살린 것은 리아의 연락이었다. 돈도 직위도 사라진 자신을 찾아준 사람이 있다는 것에, 게다가 그 사람이 리아라는 것에 인재는 빛을 되찾은 기분이 되었다. 리아가 게임에서 이기게 도와달라며 설명해준 이론은 전혀 이해가 되지 않았지만 그렇기에 더 신이 났다. 인재에게 필요한 것은 현실이 아니라 판타지였다. 자신 덕분에 리아가 수십 연승을 거두며 무일푼에서 수백억 원의 돈을 쌓아 올리는 것을 생생하게 확인하며 인재는 감격에 벅차올랐다. 비록 현장에서 직접 보진 못했지만 이 순간만은 리아와 함께 손을 잡고 단둘이 지긋지긋한 동광시를 내려다보며 하늘을 날고 있는 것만 같았다. 하지만 단 1승을 남겨두고 갑자기 들이닥친 깡패 같은 사람들 때문에 인재의 판타지는 깨져버렸다.

"야, 무슨 수법인지 실토해 새끼야."

휴대전화 화면 너머로 흥신소 업자의 목소리가 들렸고, 인재는 눈물을 훔치며 말했다.

"빨간 티셔츠요……. 똑같은 브랜드의 빨간 티셔츠를 입은 사람이 있으면 된다고 했어요. 셔플 기기 2미터 안에. 그리고 동시에 셔플을 하면 반드시 똑같은 카드가 뽑힌다고. 난 여기서 뽑힌 카드만 알려준 거예요."

딜러 자격으로 VIP룸에 들어와 있는 모든 사람이 그 말을 이해할 수 없었다. 어디선가 동시에 셔플을 진행해 그 결과를 알려줬다는 것까진 알겠는데, 뜬금없이 빨간 티셔츠라니? 빨간 티셔츠 입은 사람이 가까이에 있으면 똑같은 카드가 나온다니? 실성한 사람이 장난을 치는 소리로밖에 안 들렸다.

"헛소리하지 마, 이 미친 새끼야!"

명서진이 날카롭게 소리 질렀다.

"말장난하지 마라. 기계에 조작을 해놓은 거잖아!"

명서진의 말과 동시에 화면에는 조인재의 얼굴을 때리려 하는 흥신소 업자의 주먹이 보였다. 인재는 울상이 되어 얼굴을 구기면서도 똑같은 말만 반복했다.

"제가 들은 건 그게 전부예요! 우, 우리가 기계를 어떻게 조작해요! 제 티셔츠 보세요, 거기 앉은 남자애랑 똑같잖아요!"

명서진은 인재가 입은 유치한 빨간 티셔츠와, 리아의 오른편에 앉은 상돈의 빨간 티셔츠가 같은 제품이란 걸 알 수 있었다. 하지만 그것이 1조 원 판돈 도박의 사기 비결이라고 하기엔 어처구니가 없었다.

리아 일행도 이 전략이 너무 하찮은 나머지 카지노 측에서 발각해내기 쉽지 않을 것이란 걸 알고 있었다. 물류업체 일을 마치고 돌아온 날, 마이닝 머신이 요한실업에서 가져온 하드디스크를 다 분석해내고 뽑아낸 문장은, 동일한 브랜드의 빨간 무지 티셔츠를 입은 사람이 반경 2미터 내에 있을 경우 두 기계에서 동시에 진행된 셔플이 같은 결괏값을 갖는다는 것이었다. 요한실업 사무실에서 가져온 하드디스크에는 셔플 기기의 검품 기록이 담겨 있었다. 요한실업은 카지노에서 의뢰받은 이 셔플 기기를 완벽하게 제조하기 위해 수많은 기기로 수없는 검증을 수행했고, 그 과정에서 엉뚱한 데이터들이 쌓이게 된 것이다. 생산자조차 모르고 넘어갔을 파기된 데이터 속에서 마이닝 머신은 놀라운 결과를 캐냈다. 표로 기록된 데이터뿐만 아니라 검품 당시의 영상을 기록한 CCTV 데이터의 시계열을 정확히 맞춰서 얻어진, 값지고도 엉뚱한 발견이었다. 리아 일행은 그 희한한 가설을 시험해볼 겨를도 없었다. 리아는 동광 카지노의 레이더망에 잡히지 않은 유일한 인물인 조인재에게 상돈과 같은 빨간 티셔츠를 입힌 뒤 폐업한 요한실업 공장으로 보냈다. 그런 뒤, 공장에 단 하나 남은 셔플 기기 머신을 동시에 돌리게 하고 그 결과를 실시간으로 들으며 도박을 진행했다. 게임을 진행함에 따라 리아 일행도 경탄하며 깨달았다. 신과 만물의 법칙에 대한 모욕으로까지 느껴지는 이 사소하고 황당무계한 법칙이 정말로 진실이었다고.

"제품에 이상이 없는 것을 확신합니까? 이 셔플 기기가 무작위 수열을 뽑아내고 있다는 사실 말입니다."

침묵을 깬 정소열이 막내 딜러를 보며 말했다.

"네. 무작위성은 검증됐어요. 저, 저도 매일 옆에서 봤으니까요."

막내 딜러는 인정할 수밖에 없었다.

"그렇다면 연결되어 있지도 않고 한 공간에 있지도 않은 두 정상 기기의 무작위 셔플 값이 정확히 똑같은 결과로 나오도록 한다는 게 가능합니까?"

"부, 불가능합니다."

막내 딜러는 또 인정했다. 그건 이미 무작위성이라는 단어와 모순되는 문장이기 때문이었다.

"그렇다면 조작의 증거가 없다는 뜻 아닙니까? 이미 베팅이 완료됐다면 어떤 사유로도 취소할 수 없다는 규칙에도 동의합니까?"

명서진은 게임 테이블을 내려다봤다. 이미 리아는

가지고 있는 모든 칩을 플레이어 측에 전부 밀어 넣고 베팅을 선언한 상태였다. 명서진은 숨을 고르며 침묵의 시간을 잠시 견뎠다. 명서진의 놀라운 정신력은 이 극단의 상황에서조차 승리의 가능성을 탐지해나갔다.

"딱 하나 확인해볼 게 있어요."

명서진은 말을 마친 뒤 아직 연결 중인 영상통화 화면을 향해 입을 열었다.

"그쪽 셔플 기기 말이에요. 방금 셔플기에서 카드가 뽑혀 나왔나요?"

막내 딜러는 명서진의 말을 들은 상돈과 다은의 표정이 변하는 것을 눈치챘다. 어쩌면, 현장에 들이닥친 사람들 때문에 마지막 베팅 결과는 아직 나오지 않았을 수도 있는 일이었다. 그렇다면 리아는 마지막 마흔 번째 게임의 카드는 알지도 못한 채 베팅했다는 얘기가 된다.

"아뇨. 안 나왔어요. 우릴 보자마자 이놈이 셔플 기기를 멈췄거든요."

흥신소 사장 말을 들은 명서진의 얼굴에 희색이 돌았다. 그리고 한 번 더 재촉했다.

"다시 확인해봐요. 기기를 화면에 비춰줘요. 뽑힌 카드가 없는지."

명서진의 말을 들은 흥신소 사장은 인재가 돌리고 있던 셔플 기기를 카메라로 비춰 보였다. 카드가 뽑혀 나오지 않은 것을 모두가 볼 수 있었다. 명서진이 회심의 미소를 지으며 리아를 돌아봤다.

"박리아. 마지막 카드는 확인 못 하고 전 재산을 걸었구나?"

20

명서진의 말을 듣고 가장 당황한 사람은 다름 아닌 상돈과 다은이었다. 서로 한마디 말도 주고받지 않기로 약속한 듯, VIP룸에 들어와 입을 꾹 닫고 있던 두 사람의 입이 열렸다.

"박리아! 마지막 결과 못 들은 게 사실이야?"

"리, 리아야. 지면 어쩌려고! 이 돈 다 날리잖아!"

하지만 상돈과 다은의 말에 리아는 똑같은 말만 되풀이할 뿐이었다.

"베팅 완료했어. 난 확신해."

명서진은 리아의 눈을 봤다. 리아는 모두의 시선을 피하고 있었다. 도박은 사람을 미치게 하는 법이다. 동광 카지노의 이인자인 명서진은 그 사실을 누구보다 잘 알고 있었다. 더군다나 직접 셔플과 베팅을 진행한 정소열과 박리아는 이 자리의 누구보다도 평정심을 잃은 게 분명했다. 그들은 1조 분의 1이라는 불가능이 실제로 이루어지는 걸 목전에 두고 있기 때문이었다. 39연승의 실감을 손으로 직접 느껴본 리아는 그 승리에 도취되어 아무 근거도 없이 다음 게임 역시 연승할 거라고 확신했을 것이다. 게임을 멈출 사람은 리아의 동료들뿐이었다. 이것이 명서진의 마지막 승부수였다.

"이 게임은 세 사람이 함께 진행하기로 한 걸로 알고 있는데요. 두 사람의 동의 없이 독단으로 베팅을 완료할 순 없죠. 남의 칩으로 베팅해도 된다는 규정은 없습니다. 동의를 못 얻는다면 이번 베팅은 무효예요."

명서진과 딜러들, 정소열은 상돈과 다은을 번갈아 봤다. 상돈과 다은은 리아를 봤다.

"설명할 수 없는 일도 있어. 여기서 했던 모든 게 설명 못 할 일이었어. 그냥 날 믿어줘. 난 확신해. 우린 이 도박에서 반드시 이길 거야."

리아는 눈을 테이블 위의 카드에만 고정한 채 담담하게 말했다. 기적은 그 뒤에 일어났다.

"그럼 나도 믿을게."

다은이 고개를 끄덕였다. 그러자 상돈도 낮은 목소리로 말했다.

"나도."

명서진은 이 새파란 어린애들의 안일함에 기함했다.

"이 상황을 모르겠어? 지금 판돈은 너희 전 재산이야! 5천억 원 중에 3분의 1이 너희 재산이라고! 이 멍청이들아, 그걸 반반 도박에 날릴 거야? 기분에 취하는 것도 정도가 있어!"

"그만!"

정소열이 명서진의 말을 끊었다.

"우린 기기 조작의 증거를 발견하지 못했고, 모두가 동의한 베팅이 끝났습니다. 이 게임을 멈출 명분이 없다는 것에 동의합니까?"

명서진은 찢어진 셔츠를 여미고 털어내며 몸을 가다듬었다. 신의 확률에 마지막 한 걸음까지 다다른 정소열을 멈출 수 없다는 사실을 명서진은 이미 알고 있었다. 그녀의 눈이 그 어느 때보다 공격적으로 정소열을 쏘아보았다. 명서진은 정소열이 아닌 이 자리의 다른 딜러들을 향해 말했다.

"너희들 잘 봐둬, 우리가 운명을 의탁한 마스터라는 사람이 어떤 사람인지를. 저 사람은 인간은 안중에 없고 신만을 바라보는 사람이야. 신을 섬기면서도 누구보다 의심에 미쳐서 이 하찮은 숫자 놀음으로 신의 증거를 찾으려 했어. 우리 카지노의 운명을 걸고 말이야. 그래. 곧 신이 대답해줄 거다. 이 반반 확률 게임에서 박리아는 질 거야. 정소열도 질 거야. 1조 분의 1의 확률은 다 거짓이고, 너희는 신의 그림자도 엿보지 못할 거다."

정소열의 손이 딜러 측에 놓인 카드를 향해갔다. 그의 손가락이 카드를 뒤집었다. 카드는 하트 8이었다. 정소열은 다음으로 플레이어 카드를 뒤집었다. 리아가 마지막 올인을 한 그 카드였다.

"오 맙소사."

딜러 중 누군가가 탄식했다. 하트 퀸이었다. 결과는 리아가 장담한 대로 플레이어의 승리였다. 1조 분의 1의 확률을 뚫고 리아는 1조 원을 벌어들이는 데 성공한 것이다. 명서진은 눈을 감았다. 감은 그녀의 눈꺼풀 밑으로 한 줄기 눈물이 흘렀다. 정소열은 테이블에 단 하나 놓여 있던 하얀 칩을 리아 쪽으로 밀어놓은 뒤 게임 테이블 모서리를 붙잡은 채 무릎을 꿇었다. 기도를 하는 것인가? 기도라면 도대체 무엇을 위한 기도일까? 정소열 본인 말고는 누구도 알 수 없는 일이었다.

아이들의 환호는 뒤늦게 터져 나왔다. 리아와 상돈, 다은이 펄펄 뛰고 울면서 발을 굴렀다.

1조 원의 정산 과정은 복잡하지만 신속하게 이루어졌다. 정소열은 1조 원 중 극히 일부를 즉시 5만 원권 현금으로 리아 일행에게 지급했는데, 그것만으로도 세 개의 가방이 터질 것 같았다. 그리고 나머지 금액은 여러 장의 수표와 인출 가능한 카드로 지불했다. 도박에 깊이 관여한 당사자 중 누구도 그날 도박이 끝난 이후의 일을 정확히 기억하지 못했고 진술은 저마다 엇갈렸다. 환상 속에나 있을 법한 일이 눈앞에서 벌어졌으므로 그들의 뇌가 상황을 제대로 정리하지 못한 것이다.

카지노는 몇 달 동안 문을 닫게 되었다. 표면적인 이유는 시설 점검이었다. 입단속을 철저히 한 탓인지, 목격한 자들도 스스로의 눈을 믿지 못했기 때문인지 휴업의 진짜 이유는 카지노 밖으로 새어나가지 않았다.

명서진의 우려와 달리 카지노 구성원들이 직장을 잃고 거리로 나앉는 일은 일어나지 않았다. 정소열이 열심히 가산을 처분해 카지노의 기본 준비금을 메워놓았기 때문이다. 물론 기존의 현금 보유액을 회복하기엔 턱없이 부족했지만 운영은 가능한 금액이 준비되었다. 그사이 명서진은 온갖 연구실을 찾아다니고 학자들을 만나며 그날 사용된 셔플 기기에 혹시 모를 조작이나 고장이 있었는지 검증하려 했지만 허사였다. 모두의 소견은 같았다. 아무 이상 없다는 것이다. 1조 지급과 카지노 운영 문제가 어느 정도 수습된 뒤 정소열은 오랫동안 준비해왔다는 듯 스스로 물러났다. 카지노의 마스터 자리는 명서진이 맡게 되었다. 정소열이 마지막으로 출근한 날, 명서진은 그에게 물었다.

"마스터. 겨우 두 남자가 같은 옷을 입고 있었던 것뿐이에요. 겨우 그것뿐이라고요. 그 하찮은 법칙이 마스터가 말하는 신의 증거인가요? 제가 보기에 그건 신의 증거 같은 게 아니라 그냥 세계가 고장 난 것뿐이에요."

명서진을 돌아본 정소열의 얼굴은 해탈이라도 한 사람처럼 편안해 보였다. 심지어 그의 볼에는 살도 약간

올라 있었다.

"실장님, 설명해주시겠습니까? 신이 설계한 세상이 어떻게 고장 날 수 있는지."

"저는 신을 믿지 않아요. 그래서 믿지 않는다고요. 마스터는 정말 이걸로 만족해요? 이겼다고 생각하세요?"

정소열은 대답 대신 목례를 하며 사장실 입구를 향해 걸어갔다. 그는 옷가지 몇 개가 겨우 들어갈 만한 작은 캐리어 가방을 끌고 있었다. 문을 나서기 전에 정소열은 명서진을 한 번 돌아봤다.

"저는 졌습니다. 신을 끝까지 의심한 자가, 결국에는 그분이 만든 이해할 수도 없는 우스운 법칙으로 모든 걸 잃게 된 겁니다. 신은 저를 벌함으로써 구원하셨습니다."

명서진은 정소열에게 어디로 갈 계획인지 묻고 싶었지만 마지막 순간에 입을 다물었다. 리아 일행과의 승부는 명서진의 기억 속에서도 영원한 미스터리로 남게 되었다. 간혹 믿기 힘든 이상한 말들도 들려오곤 했다. 바로 옆에서 1조 분의 1의 승부를 지켜봤던 막내 딜러는 이렇게 말했다.

"그날 박리아가 40연승 달성한 뒤에 기뻐하면서 이어폰을 떨어뜨렸는데요. 그 이어폰을 제가 주워서 들어봤어요. 그런데 라디오 음악방송이 나오고 있었어요. 어쩌면 말이에요, 처음부터 그 남자랑 통화를 안 하고 있었던 건 아닐까요?"

명서진은 막내 딜러의 어깨를 짚으며 웃었다.

"그럼 걔가 그냥 확률 게임을 해서 1원으로 1조 원을 따갔단 말이야? 말도 안 되는 소리니까 그런 얘긴 두 번 다시 하지 마."

카지노 안에서 이 일은 극비 사항으로 유지되며 수습되었지만 그날 이후 리아 일행의 삶은 완전히 바뀌었다. 우선 리아 일행은 따온 돈으로 쓰레기 광산에 추가적인 공용 샤워장은 물론 에어컨과 난방설비가 빵빵하게 설치된 공용 쉼터까지 들여놨다. 마을 사람들에게 큰돈을 벌었다는 사실을 숨길 수가 없어 나중에는 돈 뭉치를 있는 대로 뿌리며 선심을 쓰고 다녔다. 쓰레기 광산에는 순식간에 현금이 넘쳐났는데, 그 소문이 퍼지기도 전에 마을 사람들은 동광 카지노로 달려가 신나

게 도박을 했다. 말짱 도루묵이었다. 원래 이곳의 현금 흐름은 이런 식이었다.

리아는 그동안 품어온 엉뚱한 열망을 실현시켰는데, 그건 동광시 정평읍 사거리의 유일한 패스트푸드점인 버거리아를 건물째로 인수하는 것이었다. 그 과정에서 그들이 말도 안 되는 액수의 돈을 가진 거물이라는 소문이 순식간에 퍼져나갔다. 리아가 딴 돈은 웬만한 기업을 일굴 만한 돈이었다. 악의를 가진 일군의 지역 회계사들이 회사를 설립해 리아의 자산관리사를 자처하며 접근했다. 금융에 어리바리한 리아 일행에 비하면 그들은 돈 빼돌리기의 전문가들이었다. 그들에게 돈을 맡긴 리아 일행의 자산은 빠른 속도로 축소되어갔고, 축소된 몫만큼의 돈이 동광시를 빠져나가 엉뚱한 곳에 쌓여가거나 동광 카지노에 다시 축적되었다. 명서진이 마스터 자리에 앉은 후 카지노는 재빨리 안정을 찾아 갔다. 리아가 신과 같은 기적을 일으켜 큰돈을 따왔다 한들, 결과물인 돈 그 자체는 세속적일 뿐이었다. 돈은 빗물처럼 낮은 곳으로 흘러 세상의 빈틈을 채워주지 않았다. 오히려 뜨거운 공기처럼 낮은 곳에서 위로 올라가 튼튼한 지붕을 지닌 사람들 곁에 머물렀다.

　정신을 차리고 보니 리아 일행에게 남은 것은 버거리아 건물 하나와 몇 개의 현금 통장이었다. 그조차 남들에게는 상상할 수 없을 만큼 많은 재산이었기 때문에 그들은 편하게 살았다. 버거리아 건물 위층에 살 집을 마련해 셋은 이웃사촌으로 살게 되었다. 다은의아빠와 상돈의 엄마는 카지노에서 최대한 멀리 떨어진 곳에 살게 했다. 리아 일행은 모두가 점장이자 점원으로 버거리아에서 일하게 됐다. 매상 따위 어떻게 되어도 상관없었으므로 가게는 덜컹거리며 대충 굴러갔다. 버거리아는 도저히 이치에 안 맞는 구조로 변신했다. 가게의 크기와 이용객 수에 비해 턱없이 크고 아늑하고 세련된 화장실이 생긴 것이다. 화장실은 24시간 개방되었고 심지어 여자 화장실에는 출산하는 사람을 위한 응급처치 키트까지 구비되어 있었다. 리아가 강력하게 주장하면 될 일이었다. 리아와 리아 엄마의 이야기를 모르는 사람들은 이 유독 아늑한 화장실을 일종의 웃음거리로 여기고 그 화장실에서 기념사진을 찍어가곤 했다.

1조 분의 1의 승부가 있던 날 보이지 않는 곳에서 애써준 조인재는 그 대가로 리아에게 적지 않은 돈을 받았는데, 대도시에 건물과 아파트를 사서 월세를 받으며 살고 있다고 했다. 리아와는 달리 그는 제법 돈을 굴릴 줄 알았다. 살이 더 찐 인재는 그 뒤로 세 번이나 찾아와 리아에게 구애를 했다.

"이제 우리 둘 다 여유 생겼으니까 오빠한테 시집와라."

"일단 사귀기만 해보는 건 어때? 오빠 괜찮은 사람이잖아."

"그냥 나랑 손잡고 백 미터만 걸어주면 안 돼?"

거듭할 때마다 비루해진 그의 구애는 그때마다 단호히 거절당했고, 리아가 마지막 소원을 들어줬는지 어쨌는지는 몰라도 그가 다시 가게에 찾아오는 일은 없었다. 상돈과 다은도 연애에 눈을 떴다. 다은은 버거리아에 아르바이트를 하러 찾아온 귀엽게 생긴 청년과 사귀었다. 그 알바생은 자신보다 덩치도 크고 재산도 많은 다은이 자신을 엄하게 혼내주길 바라는 이상한 취향을 드러내는 바람에 다은을 난처하게 했다. 상돈은 물류창고에서 한눈에 반한 형에게 자신의 마음을 고백했다. 주먹으로 한 대 맞을 것까지 각오하고 갔건만 형은 이번에도 좋은 말로 타이르며 마음을 받아줄 수 없다고 말했다. 너무도 따스해서 상돈의 가슴속에 평생 남을 거절이었다.

모든 게 수습이 안 되고 대충 흘러갔지만 그래도 모두가 행복했다. 돈의 힘은 그런 것이었으니까. 상돈과 다은은 풀리지 않는 수수께끼 하나를 계속 품고 있었다. 그날, 마지막 베팅의 진실에 대한 것이었다. 리아가 정말로 마지막 게임에서 아무런 정보도 알지 못한 채 근거 없는 도박에 나섰는지 못 견디게 궁금했다. 대체 어떤 확신을 가지고 자신들을 설득했는지 상돈과 다은은 이해가 되질 않았다. 하지만 확실한 건 마지막 순간에 리아의 말이 온몸에 스며들듯이 강력한 확신을 전염시켜 다은과 상돈도 그 베팅에 동의하게 했다는 것이다. 둘은 기회가 될 때마다 리아에게 그날의 진실이 무엇이었는지 물어봤다.

"리아 너 진짜로 마지막 결과를 모르고 돈을 걸었던 건 아니지? 카드가 뭔지 먼저 듣고 베팅했는데 우리 긴장시키려고 일부러 막 극적인 척 연기했던 거지? 내가 계속 생각해봤는데 그게 제일 가능성이 높아."

영업을 마친 가게에 모여 앉아 팔다 남은 치킨버거와 맥주를 먹다가 상돈이 리아를 떠봤다. 계절이 바뀌어 창밖으로 눈이 펑펑 내리던 날이었다. 아낌없이 틀어대는 난방과 취기 때문에 리아와 친구들의 얼굴은 벌겋게 달아올라 있었다. 리아는 늘 그랬듯이 딴청을 피우며 그 물음에 대한 대답을 회피했다.

"어우 씨, 튀김기 기름 갈아주는 거 깜박했더니 썩은 기름이 묻었나 봐. 속에서 부글부글하네. 나 화장실 다녀올래."

"아, 짜증 나. 박리아 또 도망친다."

리아는 웃으며 일어났다.

"나 못 돌아오고 갑자기 사라질지도 모르니까 안 오면 나 찾지 말고 그냥 들어가서 자."

그것은 리아가 화장실을 오래 쓸 때마다 가끔 하던 실없는 농담이었기 때문에 상돈과 다은은 신경 쓰지 않고 자리를 정리했다.

그날 그렇게 박리아는 없어졌다. 농담 같지만 사실

이었다. 화장실 창은 몸을 비집어 넣을 수 없을 정도로 작았고, 리아가 가게 문을 나서는 것을 본 사람도 없었지만 어쨌든 리아는 사라져버렸다. 눈밭에 발자국조차 남기지 않은 채. 리아는 다신 돌아오지 않았다. 상돈과 다은은 한없이 쓸쓸해져 매일 밤 울었지만 이내 받아들이게 됐다. 그리고 그들의 나날을 살아갔다. 낮에는 노동을 하고, 밤에는 즐거운 일을 찾아다녔다. 괜히 마음만 슬퍼지게 만드는 리아를 떠올리는 일은 자제했다. 도박장에는 다시는 발도 들이지 않았다.

사건이 있은 지 몇 달이 지났을 때였을까, 카지노 마스터 명서진은 도박사 박리아를 닮은 자를 플로어에서 목격했다는 딜러의 제보를 받고 황급히 CCTV를 돌려봤지만 그런 사람은 찾아볼 수 없었다. 1조 원을 따간 리아 귀신이 카지노에 출몰한다는 괴소문이 잠시 돌았으나 그뿐이었다. 리아의 행방에 대해서는 많은 추측이 있었지만 사실로 확인된 것은 없었다. 가끔 마을 사람들이 리아가 어디서 무얼 하는지 물을 때면 상돈과 다은은 그녀가 더 넓은 세계로 갔을 거라고만 대답했다. 강원도 동광시 정평읍 사거리 버거리아 여자 화장실

두 번째 칸. 어쩌면 리아는 자신이 떨어져 나온 저 너머 세계로 돌아간 것만 같았다. 변기에서 태어난 아이는 이제 사라지고, 박리아의 이야기는 사람들의 입과 입을 통해서만 전설처럼 전해지게 됐다. 리아가 프로 도박사가 되어 더 큰 판에 뛰어들었을 거라고 말하는 이도 있었고, 어딘가에서 새로운 기계를 발명하고 있을 거라고 말하는 이도 있었다. 진실은 아무도 알 수 없겠지만 누구의 상상 속에서도 리아는 자유로운 존재였다.

동광시의 많은 것이 예전과 같았다. 여전히 그곳에는 거대한 카지노가 있었고, 쓰레기 광산에서 살아가는 사람들이 있었고, 도박의 괴수에게 골수를 빨아 먹힌 사람들이 껍데기만 남아 거리를 배회하고 있었다. 누구도 이 한심한 도시를 굽어살피는 것 같지 않았다. 도박꾼들이 승부 앞에서 열심히 찾아대던 여러 신들은 그 지저분한 염원에 질려 천 리 밖으로 도망가버린 게 분명했다. 힘없는 자에겐 기적이 일어나지 않는다는 법칙만이 동광시의 오늘을 만들어가고 있었다. 다만 그 냉혹한 법칙에서 유일하게 예외인 것 같은 공간이 있다면 그건 읍내의 유일한 패스트푸드점인 버거리아였다.

맛도 서비스도 평범한 체인점일 뿐이었지만 특이한 점이 있다면 버거리아에는 세상의 어떤 패스트푸드점보다 깨끗하고 아늑한 화장실이 있다는 것이었다. 쓰레기만이 모여든다는 이 도시에서도 가장 꾀죄죄하고 오갈 데 없는 자들에게 그 화장실은 언제나 활짝 열려 있었다. 어느 날엔가, 절망과 고통을 뒤집어쓴 불운한 임산부가 지친 몸으로 또다시 이곳에 온다면 그녀와 그녀의 아기는 이전에 도착한 이들과는 다른 밤을 보낼 것이다.

*

한 가지 더 추가하자면, 마이닝 머신의 행방에 대해서는 놀라우리만큼 누구도 관심을 갖지 않았기 때문에 어디로 갔는지 전해지지 않았다. 제아무리 큰 기적을 행했다 해도 도구의 신세라는 건 으레 그런 것이었다. 다만 범상치 않은 기운을 가진 물건이므로 수거업자가 함부로 부수진 못했을 것이다. 그 기계는 어쩌면 지금도 고물들 사이에 섞여 신의 주사위를 추적하고 있을지 모른다.

작가의 말

몇 년 전, 세계 각지의 '쓰레기 마을'을 다룬 다큐멘터리를 본 적이 있습니다. 개발도상국의 헐벗은 아이들이 악취와 유독가스 속에서 선진국의 쓰레기를 분류하며 먹고사는 모습은 현대사회의 부조리를 고스란히 담고 있었습니다. 지금은 거의 사용하지 않는 말이지만 우리나라에도 '넝마주이'라는 말이 있었고, '난지도 주민'이라는 말이 흉처럼 오가던 시대도 있었습니다. 고철 쓰레기가 모여드는 쓰레기 마을. 그 마을에서 땟국물이 흐르는 한 소녀가 괴이한 기계를 발견하는 순간을 떠올렸을 때, 이 소설이 시작되었습니다. 과거만이 모여드는 쓰레기 마을과 SF, 발달하는 인공지능과 도박으로 망해가는 지역사회. 확률과 우연, 그리고 가장 낮은 곳에서 태어난 가장 성스러운 존재…… 서로 모순되고 공존할 수 없는 것들이 뒤섞인 채 존재하는 소설 속 '쓰레기 광산'

은 내가 사는 불가해한 세상의 모습 그 자체라고 생각했습니다.

소설을 집필하다 보면 작품 속 인물에 깊이 감정이입을 하는 경우가 있는데, 이번 작품이 바로 그랬습니다. 패스트푸드점 화장실에서 태어난 리아의 모험을 써나가며 함께 가슴앓이를 하고 잠을 못 이뤘던 기억이 생생합니다. 아직 쓰이지 않은 리아의 후일담은 작가의 입장에서도 참을 수 없이 궁금한 부분이기도 합니다. 그 이야기를 완성하게 될 날을 생각하며 요즘도 가끔 즐거운 몽상에 빠집니다. 그만큼《고장 난 세계의 신과 내일 비가 올 확률》은 저에게 각별한 작품입니다. 이 소설이 세상에 나오도록 힘써주신 편집자님과 대표님들께 감사의 말씀을 드립니다. 그리고 언제나 첫 독자가 되어주는 인생의 동반자이자 글 동료인 이신지 작가에게도 각별한 감사를 보냅니다.

2025년 늦은 봄
경민선

고장 난 세계의 신과 내일 비가 올 확률

©경민선, 2025

초판 1쇄 발행 2025년 5월 29일
펴낸곳 (주)안온북스
펴낸이 서효인 · 이정미
출판등록 2021년 1월 5일 제2021-000003호
주소 서울시 마포구 월드컵로14길 28 301호
전화 02-6941-1856(7)
홈페이지 www.anonbooks.net
인스타그램 @anonbooks_publishing
디자인 이경란 제작 제이오
ISBN 979-11-92638-63-8 (03810)